全新譯校 經典新版世界名著 24

The Old Man and the Sea

老人與海

附：奇力馬扎羅的雪・春潮

〔美〕海明威 著

葉純 譯

The Old Man and the Sea · The Snows of Kilimanjaro · The Torrents of Spring

老人與海·雪山·春潮 目錄

【出版總序】

文學的陽光VS.生命的陰霾：海明威和他的作品

著名文化評論家
陳曉林

一九五三年，海明威獲得諾貝爾文學獎，評獎委員會所公布的理由，主要是宣稱他對「小說敘事藝術那強而有力、饒具風格的精湛駕馭」；但事實上，眾所周知的是，海明威的作品之所以受到舉世讀者的喜愛與肯定，並非只因在文學技法上的精擅或突破，而更是由於在主題、內容和價值觀上，對現代西方文壇的衝撞和啓發。

就這個意義而言，因爲評獎委員們在視域和膽識上的保守自閉，以致一再與真正偉大的作家、作品失之交臂的諾貝爾文學獎，在當年頒給了海明威，固然是使海明威在文學創作上的成就得以實至名歸的適時之舉；然而，又何嘗不是這個獎藉著對海明威的文學譽望錦上添花，而自證其畢竟尚能慧眼識才的一次契機？事實上，到了海明威推出令世界文壇震撼的名篇《老人與海》之際，他在歐美文學界的地位，及在讀者大眾心目的形象，均已經戛戛獨絕，而且屹立不移了。

現代文學的掌旗人

長年以來，海明威是公認的現代主義文學旗手及二十世紀美國傑出作家；但海明威的作品何以既予人以戛戛獨絕的「存在」感受，而又能被推崇為具有普世共通的「經典」意義，卻一直是個眾說紛紜的謎題。海明威作品的魅力，其實就潛藏在這個看似相當弔詭的謎題中。

包括不少詳研海明威生平的傳記作者，以及深入剖析海明威作品的文學評論家在內，一般咸認海明威是陽剛、勇敢、雄偉、簡潔、明朗的表徵，無論就人格特質或就寫作風格而言，均是如此。這當然是顯而易見的。不過，若是仔細參詳海明威生平及作品可資互相對映之處，便不難發覺：他在文學創作上一貫追尋、探索、表現某種令人神往的明朗與雄偉之境界，與他一直試圖克服生命中那種若隱若現、但呼之欲出的厭煩、壓抑與陰霾，乃是互有關連的情景。

換言之，海明威藉由文學創作來召喚生命的陽光，庶幾可以克服或抑制那些蠢蠢欲動的陰影。自小，海明威就擁有一顆特別善感的文學心靈，例如他在六歲時即對「人必將死亡」一事有著獨特的感知，並為之顫慄；又如他對性格專斷、不苟言笑、嚴持基督教規戒的母親在感情上十分疏離；對身為醫生的父親在他幼年時帶著他狩獵、釣魚，養成了他日後熱愛大自然的性向非常感念，但對父親在母親面前窩囊瑟縮、一籌莫展，他則深惡痛絕，**（父親終於在長期壓抑後自殺，更是海明威一生未曾擺脫的夢魘）**。

海明威作品中，對「父與子」錯綜情結的反覆探索、對兒時與父親在湖畔度假、在印地安營地交朋結友的一再緬懷，都反映了他心中的陽光與陰霾在交互糾纏。

心靈善感，對生命的陰霾從小就有深刻的體驗；然而稟性英勇，面對死亡的挑戰非但毫不畏懼，還要主動迎上前去。這就是海明威人格特質的殊異之處，也正是海明威文學魅力的核心所在。十八歲，他欲從軍參加一次世界大戰，雖因視力不及格而未果，但他鍥而不捨，次年改以紅十字會救護員的身分投入歐洲戰場。結果卻在首次出勤時即奮不顧身地在炮火中搶救袍澤，敵方大炮轟來，他身中數百塊彈片，體無完膚，不啻死過了一次。後來，他更以報社記者的身分參加西班牙內戰及二次大戰，無不實際投身在隨時可能喪命的第一線。

海明威作品揭示的真相

對死亡敏感，卻不斷向死亡迎面挑戰，是海明威呈現的人生真相，也是海明威作品的重要主題。正因爲死亡是如此的可怖，戰爭是如此的殘酷，一個人要活下去，就必須對生命中正面的價值或意義，具有明晰的感應。然而，一切所謂神聖的、崇高的、正義的、偉大的宣示或鋪陳，其實都是詐騙；列強爲了爭奪資源和市場而狗咬狗的世界大戰，動輒就殺傷上千萬的無辜軍民。在歐洲戰場，海明威看透了英美方面和德義方面都是一丘之貉；然而，人生畢竟需要有救贖，需要有陽光。而愛情的喜悅、審美的意趣，就成爲海明威筆下的殘酷世界中最動人、也最引人的救贖。

從《戰地春夢》到《戰地鐘聲》，再到後期的《渡河入林》，海明威作品一方面揭露了望之儼然的西方文明在本質上所體現的詐騙性與殘酷性，另方面則以愛情和審美作爲現代人生所剩餘的唯一救贖。他和《大亨小傳》的作者費茲傑羅、《荒原》的作者艾略特等名家，被歐美文壇公推爲「失落的一代」，無非是由於他們以敏銳的文學心靈洞徹了現代人的真實處境，以及現代文明的虛無本質。有了海明威等人，現代文學及時出現了在主題和技法上均迥異於傳統文學的「群聚效應」，足以與現代主義的藝術潮流交光互映了。

愛情、戰爭、冰山理論

戰爭、愛情、死亡、狩獵、鬥牛、拳擊、海洋、捕魚……大抵是海明威作品中恆常呈示的場景；以文學創作來召喚生命的陽光與救贖，則是他念茲在茲的題旨。然而，母題儘管顛撲不破，海明威卻精擅於以多重的變奏來敘述故事，鋪陳情節，從而營造出他所獨具的風格與氛圍。以愛情這個母題而言，除了《戰地春夢》的摯愛悲情、《戰地鐘聲》的生死契闊之外，如《太陽依然昇起》的荒蕪之愛、頹廢之美，《伊甸園》那放浪形骸到近乎變態的畸愛，均是別開生面的敘事。而即使同為以成長、啓蒙、洞察真實人生為題旨的短篇小說集，《勝利者一無所獲》、《沒有女人的男人》與《尼克的故事》也皆有各自獨具的結構和意涵。《有錢・沒錢》更為嘲諷貧富懸殊的現代社會，及由此衍生種種不公不義的人生情境，提供了極尖銳的小說範本。

而海明威能夠如此「強而有力、饒具風格」地駕馭他的作品，主要關鍵在於他對敘事文體的運用，一貫要求做到「極簡」。他出身於報社記者，當年駐外記者報導新聞，為了節省經費，採用所謂「電報體英文」，避用形容詞、副詞，只要精簡明瞭、直接達意即可。海明威在撰寫文學作品時體悟到：「極簡」反而可以創造出獨有的、明朗的風格，故而他刻意以「電報體」作為自己主要的敘事語言；並由「極簡」風格的文字敘述，進而提煉出他自己獨樹一幟的文學創作論綱，即「冰山理論」。海明威認為，文學作品的敘事，除了刻畫必要的場景，便只需寫出動作和對話即可，其餘的一切，應留待讀者自行感知和領會；因此，好的文學作品猶如一座浮在海面的冰山，敘述出來的只有八分之一，另外的八分之七則不需贅述，有如冰山留在海面下的主體。

「冰山理論」的輝煌例證，當然就是為海明威博得舉世稱道的《老人與海》了。這個情節極單純、但寓意極豐富的中篇小說，迄今仍是英美各名校的文學系必讀必研的小說典範。海明威對生命的終極體悟：「人可以被毀滅，但不可被打敗」，便出現在其中。看來，海明威以文學的陽光克服生命的陰霾，也是在本篇中臻於登峰造極之境。

賞味《老人與海・雪山・春潮》：人的命運與尊嚴

葉純

舉世作家與文學評論家公認，《老人與海》是海明威小說的登峰造極之作，雖然篇幅不大，但結構之精密、寓意之豐富、象徵之繁複，在在均令人嘆為觀止。海明威於一九五二年出版《老人與海》，翌年即因此書而獲美國文壇上最負盛名的普立茲獎，再一年又獲諾貝爾文學獎；平心而論，在寫出《老人與海》之前，海明威已是世界文壇的重量級人物，但對其作品的文學價值仍不乏見仁見智之爭議，但此篇一出，即連最挑剔的評論者都不得不承認，海明威得獎允屬實至名歸。

《老人與海》的題旨，既可以簡述為海明威以一幕幕與大海、風暴、鯊魚拚搏的場景，展示個人在艱苦而危險情境下猶自可能保持的尊嚴和自信；也可以提高思維與擬喻的層次，視作寓言性、史詩性的作品，其寓意已涉及如下的「大哉問」：人類意志與大自然威力頡頏下，整個人類的科技與文明是否將終歸徒然的虛無？

老人千辛萬苦、捨生忘死的拚搏所捕來的大魚，最終仍被海洋中鯊群啃噬得只剩一副白骨，印證了海明威早已透過對世界大戰的反思所體悟的哲理：「勝利者一無所獲」；其實，不斷靠著征服和剝削大自然而滿足貪婪物慾的現代文明，最終又何嘗不會面臨反噬而一無所獲？

然則，人類如何面對著虛無主義的深淵，而仍得以安身立命，便成爲極其嚴肅的問題。在這個意義上，《老人與海》儼然是以老人捕魚指涉人類命運的恢宏史詩，而不僅是勵志性的作品。

這部作品，起筆就有希臘悲劇的氣勢與韻味。老人接連八十四天未捕到任何漁獲，被人認爲倒了「血霉」；但他仍自信馬上便會扭轉局面。他對小男孩說：「八十五是吉利的數字，你想看見我捕到千磅重的大魚嗎？」這儼然是在向不祥的命運挑戰，並公然預言自己的勝出。但弔詭的是，儘管大魚被啃噬一空，老人畢竟帶回了魚骨。

無可否認，這是他的戰利品，印證了他所強調的「人可以被毀滅，但不可以被打敗」的信念。而老人夢中那隻「威猛生動的獅子」，顯然是一種意象，隱喻在千災百難下亦永不傾頽的人類意志！

而在同樣寓意豐富的中篇名著〈雪山〉中，那頭僵斃在雪山頂峰上的豹子，則隱喻著海明威將文學創作的重要性視同自己的生命，一旦創作的活力不再，就如矯捷生猛的雪山豹子倏然凍僵，則生命的存在便成爲多餘。在〈雪山〉中，海明威藉由虛構臨終的回憶，舉述了他想要寫出卻未能落筆的幾個故事，無論創意、結構或技法均大有可觀。

〈春潮〉是海明威早年的即興之作，只花了六天時間便一揮而就，是對當時文學名家安德森作品的戲仿與嘲謔，饒具黑色幽默。由於安德森很器重海明威，故而〈春潮〉發表時歐美文學圈頗有針對海明威的議論，認爲他對文壇前輩太過無情。但海明威認爲戲仿也是一種有趣的表達形式，並不將外界的批評放在眼中。隨著近來海明威作品重新受到歐美文壇的探討，這段文學公案迄今仍在餘波盪漾。

老人與海

一個老人獨自在灣流中一條平底小船上捕魚，這回他到海上已去了八十四天，連一條魚都沒有捕到。起初四十天裡，有個小男孩跟他在一起。可是過了四十天還沒捉到一條魚，男孩的父母就對他說，這老人現在十足是「倒了血霉」，這就是說，倒楣到了極點，於是男孩聽從了他們的吩咐，上了另外一條船，在那條船上頭一個禮拜就捕到了三條好魚。男孩看見老人每天回來時船總是空蕩蕩的，心裡感到非常難受，他總是走下岸去，幫老人拿捲起的釣索，或者魚鉤和魚叉，還有纏捲在桅桿上的帆。那帆上用麵粉袋片打了些補丁，收攏後看來像是一面標誌著失敗的旗子。

老人消瘦而憔悴，脖頸上凝聚了很深的皺紋。腮幫上長出了褐斑，那是太陽在熱帶海面上的反光所造成的良性皮膚病變。褐斑從他臉的兩側一直蔓延下去，因爲他的雙手常須用繩索拉大魚，兩隻手留下了勒得很深的傷疤。但是這些傷疤中沒有一塊是新的。它們像無魚可打的沙漠中被侵蝕的地方一般古老。他身上的一切都顯得古老，只除了那雙眼睛，它們像海水一般湛藍，顯出愉快而絕不服輸的神色。

「聖地牙哥，」他們倆從小船停泊的地方爬上岸時，男孩對他說。「我又能陪一起你出海了。我家裡已經攢了一點兒錢。」

以前是老人教會了這男孩捕魚，所以男孩很愛他。

「不，」老人說。「你遇上了一條有好運氣的船。還是跟他們待下去吧。」

「可是你該記得，你有一回連著八十七天釣不到一條魚，然後接著有三個禮拜，我們每天都逮住了大魚。」

「我記得，」老人說。「我知道你不是因爲不相信才離開我的。」

「是爸爸叫我走的。我是他的兒子，不能不聽他的話。」

「我明白，」老人說。「這是理所當然的。」

「他沒多大的信心。」

「是啊，」老人說。「可是我們有。難道不是嗎？」

「對，」男孩說。「我請你到陽台飯店去喝杯啤酒，然後我們一起把打魚的器具帶回去。」

「那當然好，」老人說。「都是打魚人嘛。」

他們坐在飯店前的陽台上，不少漁夫拿老人開玩笑，老人一點也不生氣。另外一些上了些年紀的漁夫望著他，心裡爲他感到難受。不過他們並不流露出來，只是淡淡地談起海流，談起他們把釣索送到海面下有多深，談起許久以來天氣一直很好，還談起他們的所見所聞。當天漁獲豐富的漁夫都已回來，他們把大馬林魚剖開，整片兒橫排在兩塊木板上，每塊木板的兩端各由兩個人抬著，搖搖晃晃地送到收魚站，在那裡等著冷藏車來把牠們運往哈瓦那的市場。逮到鯊魚的人們已把牠們送到海灣另一邊的鯊魚加工廠去，吊在帶鉤的滑車上，除去肝臟，割掉魚鰭，剝去外皮，把魚肉切成一條條，以備醃製。

刮東風的時候，鯊魚加工廠隔著海灣送來一股腥味；但今天只送來淡淡的一絲氣味，因爲風轉向了北方，這會兒已逐漸平息，飯店陽台上天氣怡人，陽光明媚。

「聖地牙哥，」男孩說。

「哦，」老人說。他正握著酒杯，緬懷好多年前的事兒。

「我去弄點沙丁魚來給你明天用，好嗎？」

「不了。打棒球去吧。我划船還行，況且羅赫若會給我撒網的。」

「我還是很想去。即使不能陪你釣魚，我也很想給你多少做點兒事。」

「你請我喝了杯啤酒，」老人說。「你現在可是個大人啦。」

「你頭一回帶我上船，我有多大？」

「五歲，那天我把一條活蹦亂跳的魚拖上船去的時候，牠差一點把船撞破，你也差一點送了命。還記得嗎？」

「我記得魚尾巴噼巴噼地拍打著，船上的座板給打斷了，還有你用棍子打魚的聲音。我記得你把我朝船頭那邊猛推，那兒擱著濕漉漉的釣索卷兒，我感到整條船在顫抖，聽到你啪啪地用棍子打魚的聲音，像在砍倒一棵樹，還記得我渾身上下都是甜絲絲的新鮮血腥味兒。」

「你真的記得那回事兒，還是我不久前剛跟你說過？」

「打從我們頭一回一起出海的時候起，什麼事兒我都記得清清楚楚。」

老人用他那雙常遭日曬風吹卻堅定不移的眼睛愛憐地望著他。

「如果你是我自己的小孩，我準會帶你出去冒一下險，」他說。「可你是你爸爸和你媽媽的孩子，你現在搭的又是一條交上了好運的船。」

「我去弄沙丁魚來好嗎？我還知道上哪兒去弄四份大魚餌來。」

「今天我還有自個兒剩下的。我把牠們放在盒子裡醃了。」

「我給你弄四條新鮮的來吧。」

「一條，」老人說。他的希望和信心從來沒消失過。現在又像微風初起時那麼鮮活了。

「兩條，」男孩說。

「那就兩條吧，」老人同意了。「可不能是偷來的吧？」

「去偷我也願意，」男孩說。「不過這些是買來的。」

「謝謝你了，」老人說。他心思單純，不去估摸自己什麼時候達到了這樣謙卑的境地。可是他知道這時正達到了這境地，知道這並不丟臉，所以也無損於真正的自尊心。

「看這海流，明天會是個好日子，」他說。

「你打算上哪兒？」男孩問。

「駛得遠遠的，等轉了風向才回來。我想不等天亮就出發。」

「我要想個法子叫船主人也駛到遠方，」男孩說。「這樣，如果你當真釣到了大魚，我們就可以趕去幫你的忙。」

「他才不會願意駛到很遠的地方。」

「是啊，」男孩說。「不過我會看見一些他看不見的東西，比如說如果有覓食的鳥兒在空中盤旋，我就會叫他趕去追海豚的。」

「他眼睛這麼不中用嗎？」

「差不多瞎了。」

「這可怪了，」老人說。「他從沒捕過海龜。這玩意才會傷眼睛呀。」

「你不是在莫斯基托海岸外捕了好多年海龜，你的眼力還是挺好的嘛。」

「我是個與眾不同的老頭。」

「可你現在還有力氣對付一條真正的大魚嗎？」

「我想還有。再說有不少竅門可用呢。」

「我們把漁具拿回家去吧，」男孩說。「這樣我可以拿了魚網去逮沙丁魚。」

他們從船上拿起打魚的漁具。老人把桅桿扛上肩頭，男孩拿著內放編得很緊密的褐色釣索卷兒的木箱、魚鉤和帶桿子的魚叉。裝魚餌的盒子則藏在小帆船的船梢下，那兒還有那根在大魚被拖到船邊時用來收服牠們的棍子。誰也不會來偷老人的東西，不過還是把船帆和那些粗釣索帶回家去的好，因爲露水對這些東西不利，再說，儘管老人深信當地不會有人來偷他的東西，但他也認爲，把一把魚鉤和一支魚叉留在船上實在是不必要的引誘。

他們順著大路一起走到老人的窩棚前面，從敞開的門走進去。老人把桅桿連同捲起的帆靠在牆上，男孩把木箱和其他漁具擱在桅桿旁邊。桅桿跟這單間的窩棚差不多一般長。窩棚用叫做「海鳥糞」的大王椰樹堅韌的苞殼做成，裡面有一張床、一張桌子、一把椅子和泥地上一處用木炭燒飯的地方。

在用纖維結實的棕葉疊蓋而成的褐色牆壁上，有一幅彩色的耶穌聖心圖和另一幅科夫萊聖母圖。這是他妻子的遺物。牆上一度掛著一幅他妻子的彩色照相，但他把它取下了，因為看了使他更覺得自己太孤單，這相片如今放在屋角擱板上他的那件乾淨襯衫下面。

「有什麼吃的東西？」男孩問。

「有鍋魚煮黃米飯。你也吃點嗎？」

「不。我回家去吃。要我給你生火嗎？」

「不用。等會兒我自己來生。不然就吃冷飯算了。」

「我去拿魚網好嗎？」

「當然好。」

事實上並沒有魚網，男孩還記得他們是什麼時候把它賣掉的。然而他們每天都要扯一套這種謊話。也沒有一鍋魚煮黃米飯，這一點男孩也知道。

「八十五是個吉利的數字，」老人說。「你可想看到我逮回來一條去掉了下腳還足足有一千多磅重的大魚？」

「我拿魚網撈沙丁魚去。你坐在門口曬曬太陽好不好？」

「好吧。我有張昨天的報紙，我來看看棒球消息。」

男孩不知道昨天的報紙是不是真的有。但是老人還真是把它從床下取出來了。

「佩里科在雜貨店裡給我的，」他解釋說。

「我弄到了沙丁魚就回來。我要把你的魚跟我的一起用冰鎮著，明兒早上我倆就可以分著用了。等我回來了，你給我講講棒球消息。」

「洋基隊不會輸。」

「可是我怕克利夫蘭印第安人隊會贏。」

「相信洋基隊吧，好孩子。別忘了那了不起的得分王迪馬吉奧。」

「我還擔心底特律老虎隊會贏，也擔心克利夫蘭印第安人隊。」

「當心點，要不然連辛辛那提紅隊和芝加哥白短襪隊，你都要擔心啦。」

「你好好兒看報，等我回來了講給我聽聽。」

「你看我們該去買張末尾是八五的彩票嗎？明兒是第八十五天。」

「可以啊，」男孩說。「不過你上次那張末尾是八十七的彩票，後來怎麼樣了？」

「這種倒楣事不會再發生。你看能弄到一張末尾是八五的嗎？」

「我可以去訂一張。」

「訂一張。這要兩塊半。我們向誰去借這筆錢呢？」

「這倒不難。我總能借到兩塊半的。」

「我看沒準兒我也借得到。不過我不想借錢。第一步是借錢。下一步就要討飯囉。」

「穿得暖和點，老爹，」男孩說。「別忘了，我們這是在九月呢。」

「正是大魚露面的月份，」老人說。「在五月裡，人人都能當個好漁夫的。」

「我現在去撈沙丁魚了，」男孩說。

男孩回來的時候，老人已在椅子上睡熟了，太陽也已經西沉。男孩從床上拿起條舊軍毯，鋪在椅背上，蓋住了老人的雙肩。這兩個肩膀挺奇怪，人儘管老邁了，肩膀卻依然很強健，脖子也依然很壯實，而且當老人睡著了、腦袋向前垂落著的時候，皺紋也不大明顯了。他的襯衫上不知打了多少個補丁，弄得像他那張帆一樣，而這些補丁被陽光曬得褪成了許多深淺不同的顏色。老人的頭非常蒼老，眼睛閉上了，臉上就一點生氣也沒有。那報紙攤在他膝蓋上，在晚風中，靠他一條胳臂壓著才沒被風吹走。他赤著腳。

男孩撇下老人走了，等他回來時，老人還是熟睡著。

「醒醒吧，老爹，」男孩說，一手搭上老人的膝蓋。老人張開眼睛，他的神志一時彷彿正在從老遠的地方回來。然後他微笑了。

「你拿來了什麼？」他問。

「晚飯，」男孩說。「我們就來吃吧。」

「我還不大餓。」

「得了，吃吧。你不能只打魚，不吃飯。」

「我這樣幹過，」老人說著，站起身來，拿起報紙，把它摺好。跟著他動手摺疊毯子。

「把毯子披在身上吧，」男孩說。「只要我活著，就決不能讓你不吃飯就去打魚。」

「這麼說，祝你長命百歲，多保重自己吧，」老人說。「我們吃什麼？」

「黑豆米飯、油炸香蕉，還有一些燉菜。」

男孩是把這些飯菜放在雙層白鐵飯盒裡從陽台飯店拿來的。他口袋裡有兩副刀叉和湯匙，每一副都用紙餐巾包著。

「這是誰給你的？」

「馬丁。那老闆。」

「我得去謝謝他。」

「我已經謝過啦，」男孩說。「你用不著再去謝他了。」

「我釣到後要給他一塊大魚肚子上的肉，」老人說。「他這樣幫助我們不止一次了吧？」

「我想是的。」

「這樣的話，我該在魚肚子肉以外，再送他一些東西。他對我們真好心。」

「他還送了兩瓶啤酒。」

「我喜歡罐裝的啤酒。」

「我知道。不過這是瓶裝的，阿特韋牌啤酒，我還得把瓶子送回去呢。」

「你考慮得真周到，」老人說。「我們現在就吃吧？」

「我一直在要你吃哪，」男孩柔聲對他說。「不等你準備好，我是不願打開飯盒子的。」

「我現在準備好了，」老人說。「我不過要點兒時間洗洗手和臉就行了。」

你上哪兒去洗呢？男孩想。村裡的公用水龍頭在大路上過去第二條橫路的轉角上。我應該為他把水帶到這兒來，男孩想，還帶塊肥皂和一條乾淨毛巾。我為什麼這樣粗心大意呢？我該再給他弄件襯衫，一件過冬的茄克衫，還弄雙什麼鞋子，再來條毯子的。

「你拿來的燉菜味道好極了。」老人說。

「給我講講棒球賽吧，」男孩請求他說。

「在美國聯賽中，總是洋基隊的天下，我跟你說過啦，」老人眉開眼笑地說。

「他們今兒個可輸了，」男孩告訴他。

「這算不上什麼。那了不起的迪馬吉奧又恢復他生龍活虎的本色了。」

「他們隊裡還有別的好手哪。」

「這還用說。不過有了他就不同了。在另一個聯賽中，布魯克林隊對費拉德爾菲亞隊，我看布魯克林隊穩贏。不過我還惦念著迪克．西斯勒和他在那老公園裡打出的那些好球。」

「這些好球從來沒有別人打得那麼精彩。我見過的擊球中，數他打得最遠。」

「你還記得他過去常來陽台飯店嗎？我很想陪他出海釣魚，但我膽子太小，不敢對他開口。所以我要你去說，可你也膽子太小。」

「我記得。那是個大錯。他很可能跟我們一起出海的。這樣，我們就可以一輩子回味這檔子事了。」

「我很想帶那了不起的迪馬吉奧去釣魚，」老人說。「人家說他父親也是個打魚的。也許他當初也像我們這樣窮，會理解我們的好意。」

「我聽說，西斯勒的爸爸也很了不起，而且從沒過過窮日子，他和他爸爸都是在像我這個年紀就在大聯賽裡打球了。」

「我像你這個年紀，就在一條去非洲的橫帆船上當隨船水手了，我還見過獅子在傍晚到海灘上來哩。」

「我知道。你跟我談起過。」

「我們來談非洲還是談棒球？」

「我看還是談棒球吧，」男孩說。「給我談談那了不起的約翰．J．麥格勞的情況。」他把這個J念成了「何塔」。

「從前，他時常到陽台飯店來。可是他一喝了酒，就態度粗暴，出口傷人，性子彆扭。他腦子裡想著棒球，也想著賽馬。至少他老是口袋裡揣著賽馬的花名冊子，常常在電話裡提到一些馬兒的名字。」

「他是個了不起的職棒經理，」男孩說。「我爸爸認爲他是頂偉大的經理。」

「這是因爲他來這兒的次數最多，」老人說。「要是多羅徹繼續每年來這兒，你爸爸就會認爲他是頂偉大的經理了。」

「說真的，誰是頂偉大的經理，盧克還是邁克．岡薩雷斯？」

「我認爲他們不相上下。」

「不過，頂好的漁夫可是你。」

「不。我知道還有比我強的。」

「哪裡，」男孩說。「好的漁夫很多，還有些是捕魚的高手。不過出類拔萃的只有你。」

「謝謝你。你說得叫我高興。我希望不要來一條大魚，大得我對付不了，否則就說明我們講錯啦。」

「不會有這樣的魚，只要你還像你說的那樣強壯，當然對付得了。」

「我也許不像我自以爲的那樣強壯了，」老人說。「可是我懂得不少竅門，而且有決心。」

「你該上床睡覺了，這樣明天早上才能精神飽滿。我要把這些東西送回陽台飯店去了。」

「那麼祝你晚安。早上我去叫醒你。」

「你是我的鬧鐘嘛，」男孩說。

「年紀是我的鬧鐘，」老人說。「爲什麼上了年紀的人醒得那麼早？大概是要讓白天長些吧？」

「我不知道，」男孩說。「我只知道小孩子總愛睡懶覺，起得晚。」

「我會記得的，」老人說。「到時候會去叫醒你。」

「我不願讓船主人來叫醒我。這樣彷彿我比他差勁似的。」

「我懂。」

「好好睡吧，老爹。」

男孩走出屋去。他們剛才吃飯的時候，桌子上並沒點燈，老人就脫了長褲，摸黑上了床。他把長褲卷起來當枕頭，把那張報紙塞在裡面。他用毯子裹住了身子，在彈簧墊上鋪著的其他舊報紙上睡下了。

他不多久就睡熟了，夢見小時候見到的非洲，長長的金色海灘和白色海灘，白得刺眼，還有高聳的海岬和褐色的大山。他如今每晚都神遊那海岸，在夢中聽見拍岸海浪的隆隆聲，看見土人駕船穿浪而行。他睡著時聞到甲板上柏油和填絮的氣味，還聞到早晨陸地上吹刮的微風帶來的非洲氣息。

通常一聞到陸地上吹刮的微風，他就會醒來，穿上衣服去叫醒那男孩。然而今夜陸地上刮來的微風氣息來得很早，他在夢中知道時間尚早，於是繼續把夢做下去，夢見群島間那些白色浪峰從海面上升起，隨後夢見了加納利群島的各個港灣和錨泊的地方

他不再夢見風暴，不再夢見女人，不再夢見重大的遭遇，不再夢見大魚，不再夢見打架，不再夢見角力，不再夢見他的妻子。他如今只夢見某些地方和海灘上的獅子。牠們在暮色中像小貓一般嬉耍著：他愛牠們，如同愛這男孩一樣。不過他從沒夢見過這男孩。他就這麼醒過來，望望敞開的板門外邊的月亮，攤開長褲穿上。他在窩棚外撒了尿，然後順著大路走去叫醒男孩。清晨的寒氣使得他直打哆嗦。但他知道哆嗦了一陣後就會感到暖和，而且要不了多久就

會去划船了。

男孩住的那所房子門沒有上鎖，他推開門，光著腳悄悄走進去。男孩在外間一張帆布床上熟睡著，老人靠著外面射進來的暗淡月光，清楚地看見他。他輕輕握住男孩的一隻腳，直到男孩醒來，轉過臉來對他望著。老人點點頭，男孩從床邊椅子上拿起他的長褲，坐在床沿上穿褲子。

老人走出門去，男孩跟在他身後。他還是昏昏欲睡，老人伸出胳臂摟住他的肩膀說，「對不起。」

「哪裡，」男孩說。「男子漢就該這樣子。」

他們順著大路朝老人的窩棚走去，一路上，有些光著腳的男人在黑暗中走動，扛著他們船上的桅桿。

他們走進老人的窩棚，男孩拿起裝在籃子裡的釣索卷兒，還有魚叉和魚鉤，老人把纏著帆的桅桿扛在肩上。

「想喝咖啡嗎？」男孩問。

「我們先把漁具放在船裡，然後喝一點吧。」

他們在一家清早就營業，做漁夫生意的小吃館裡，喝著盛在煉乳罐裡的咖啡。

「你睡得怎麼樣，老爹？」男孩問。他如今清醒過來了，儘管要他完全驅走睡魔還不大容易。

「睡得很好，馬諾林，」老人說。「我覺得今天很有把握。」

「我也這樣想，」男孩說。「現在我該去拿你用的沙丁魚，還有給你的新鮮魚餌。我給他打工的那條船，船上的漁具總是他自己拿的。他從來不要別人幫他拿東西。」

「我們可不同，」老人說。「你還只五歲時我就讓你幫忙拿東西了。」

「我記得，」男孩說。「我馬上回來。再要杯咖啡吧。我們在這兒可以掛賬。」

他走了，光著腳在珊瑚石砌的走道上向保藏魚餌的冷藏所走去。

老人慢騰騰地喝著咖啡。這是他今兒一整天的飲食，他知道應該把它喝了。好久以來，吃飯使他感到厭煩，因此他從來不帶午飯。他在小帆船的船頭上放著一瓶水，一整天只需要這個就夠了。

男孩這時帶著沙丁魚和兩份包在報紙裡的魚餌回來了，他們就順著小徑走向小帆船，感到腳下的沙地裡嵌著鵝卵石，他們抬起小帆船，讓它溜進水裡。

「祝你好運，老爹。」

「祝你好運，」老人說。他把槳上的繩圈套在槳座的釘子上，身子躬身向前，抵消槳片在水中所遇到的阻力，在黑暗中動手划出港去。其他那些海灘上也有其他船隻在出海，老人聽到他們的船槳落水和划動的聲音，儘管此刻月亮已掉到了山背後，他還看不清那些船。

偶爾有條船上有人在說話。但是除了槳聲外，大多數船隻都寂靜無聲。它們一出港口就分散開來，每一條各自駛向指望能找到魚的那片海面。老人知道自己要駛向遠方，所以把陸地的氣息拋在後方，划進海洋上清晨的清新氣息中。他划到海裡的某一片水域，看見果囊馬尾藻閃出的磷光，漁夫們管這片水域叫「大井」，因爲那兒水深突然達到七百英尋，海流衝擊在海底深淵的峭壁上，激起了漩渦，各種魚兒都聚集在那兒。這裡集中著海蝦和可作魚餌的小魚，在那些深不可測的水底洞穴裡，有時還有成群的柔魚，牠們在夜間浮到緊靠海面的地方，所有在那兒漫遊的魚類都拿牠們當食物。

老人在黑暗中感覺到早晨正在來臨，他一面划槳，一面聽見飛魚出水時的顫抖聲，還有牠們在黑暗中凌空飛翔時挺直的翅膀所發出的嗞嗞聲。他非常喜愛飛魚，牠們是他在海洋上的主要朋友。他替鳥兒傷心，尤其是那些柔弱的黑色小燕鷗，牠們永遠在飛翔，在覓食，但幾乎從沒找到過食物，於是他想，鳥兒的生活過得比我們的還要艱難，除了那些猛禽和強有力的大鳥。既然海洋這樣殘暴，爲什麼像這些海燕那樣的鳥兒生來就如此柔弱和纖巧？海洋是仁慈並十分美麗的。然而她能變得這樣殘暴，又是來得這樣突然，而這些飛翔的鳥兒，從空中落下覓食，發出細微的哀鳴，卻生來就柔弱得不適宜在海上生活。

他每想到海洋，總是稱她爲lamar，這是喜愛海洋的人用西班牙語對她作出的暱稱。有時候，對海洋抱著好感的人們也說她的壞話，不過說起來總是拿她當女性看待的。有些年輕的漁夫用浮標當釣索上的浮子，並且在把鯊魚肝賣了好多錢後置備了汽艇，他們卻管海洋叫elmar，這是表示男性的說法。他們提起她時，拿她當做一個競爭者或一個去處，甚至當做一個敵人。可是老人則總是拿海洋當做女性，她有時給人施恩，或者不願給人施恩，如果她幹出了任性或缺德的事兒來，那是因爲她情不自禁。月亮對她起著影響，如同對一個女人那樣，他想。

這會兒他平穩地划著，對他說來並不費勁，他好好保持在自己的最高速度以內，而且除了水流偶爾打個旋兒以外，海面一平如鏡。他讓海流幫他出了三分之一的力氣，這時天漸漸亮了，他發現自己已經划到比預期要到達的地方更遠了。

我在這海底的深淵上轉悠了一個禮拜，可是一無作爲，他想。今天，我要找到那些鰹魚和長鰭金槍魚群在什麼地方，說不定會有條大魚跟牠們在一起

不等天色大亮，他就放出一個個魚餌，並讓船隨著海流漂去。有個魚餌下沉到四十英尋（**譯者按：每英尋＝六英尺**）的深處。第二個在七十五英尋的深處，第三個和第四個分別在一百英尋和一百二十五英尋深的藍色海水中。每個由新鮮沙丁魚做的魚餌都是頭朝下，釣鉤的鉤身穿進小魚的身子，扎緊，縫牢，因此釣鉤的所有突出部分，彎鉤和尖端，都被包在魚肉裡。每條沙丁魚都用釣鉤穿過雙眼，這樣魚的身子在突出的鋼鉤上構成了半個環形。釣鉤上每個部分都不會讓一條大魚覺得是香噴噴的美味。

那男孩給了他兩條新鮮的小金槍魚，或者叫做長鰭金槍魚，牠們正像鉛錘般掛在那兩根最深的釣索上，在另外兩根上，他掛上一條藍色大魚和一條黃色金銀魚，牠們已被使用過，但依然完好，而且還有頗佳的沙丁魚給牠們添上香味和吸引力。每根釣索都像一支大鉛筆那麼粗，一端給纏在一根青皮釣竿上，這樣，只要大魚在餌上一拉或一碰，就能使釣竿下垂，而每根釣

索有兩個四十英尋長的卷兒，可以牢繫在其他備用的卷兒上，這麼一來，如果用得著的話，一條魚可以拉出三百多英尋長的釣索。

這時老人察看著那三根挑出在小帆船一邊的釣竿有沒有動靜，一邊緩緩地划著，使釣索保持上下筆直，停留在適當的水底深處。天相當亮了，太陽隨時會昇起來。

淡淡的太陽從海上昇起，老人看見其他的船隻，低低地挨著水面，離海岸不遠，和海流的方向呈垂直狀地展開著。跟著太陽越發明亮了，耀眼的陽光射在水面上，隨後太陽從地平線上完全昇起，平坦的海面把陽光反射到他眼睛裡，使眼睛劇烈地刺痛，因此他不朝太陽看，逕自划著。他俯視水中，注視著那幾根一直下垂到黑幽幽的深水裡的釣索。他把釣索垂得比任何人更直，這樣，在黑幽幽灣流深處的幾個不同深度，都會有一個魚餌剛好在他所指望的地方等待著在那兒游動的魚來吃。別的漁夫讓釣索隨著海流漂動，有時候釣索在六十英尋的深處，他們卻自以爲在一百英尋的深處哩。

不過，他想，我總是把釣索精確地放在適當的地方。問題只在於我不再走好運了。可是誰又說得準呢？說不定今天就轉運。每一天都是一個新的日子。能走運當然更好。不過我情願做到分毫不差。這樣，運氣來的時候，你就有備無患了。

又過了兩個小時，太陽如今相應地昇得更高了，他朝東望時不再感到那麼刺眼了。眼前只看得見三條船，它們顯得特別低矮，遠遠地靠在海岸邊。

我這一輩子，初昇的太陽老是刺痛我的眼睛，他想。然而眼睛還是很管用的。傍晚時分，我可以直望著太陽，不會有眼前發黑的感覺。陽光的力量在傍晚要強一些。不過在早上它叫人感到眼痛。

就在這時，他看見一隻黑色軍艦鳥鼓著長長的翅膀，在他前方的天空中盤旋飛翔。牠迅捷地斜著後掠的雙翅向下俯衝，然後又回到空中盤旋起來。

「牠逮住什麼東西了，」老人說出聲來。「牠不光是尋找而已。」

他慢慢划著，直朝鳥兒盤旋的地方划去。他並不著急，讓那些釣索保持著上下筆直的位置。不過他還是挨近了一點兒海流，這樣，他依然在用正確的方式捕魚，儘管他的速度要比他不打算利用鳥兒指路時來得快。

軍艦鳥在空中飛得高些了，又盤旋起來，雙翅紋絲不動。牠隨即猛然俯衝下來，老人看見飛魚從海裡躍出，在海面上拚命地掠去。

「海豚，」老人說出聲來。「大海豚。」

他把雙槳從槳架上取下，從船頭下拿出一根細釣絲。釣絲上繫著一段鐵絲導線和一隻中號釣鉤，他拿一條沙丁魚掛在上面。他把釣絲從船舷放下水去，將上端緊繫在船梢一隻拳頭似的螺栓上。跟著他在另一根釣絲上安上魚餌，把它盤繞著擱在船頭的陰影裡。他又划起船來，注視著那隻此刻正在水面上低低地飛掠的長翅膀黑鳥。

他正在凝神注視的時候，那鳥兒又朝下衝。牠為了俯衝，把翅膀朝後掠，然後猛地展開，一路追蹤著飛魚，可是徒勞無功。老人看見那些大海豚追隨在脫逃的飛魚後面，把海面攪得微微隆起。海豚在飛掠的魚下面破水而行，只等飛魚一掉下，就飛快地鑽進水裡。這群海豚真大啊，他想。牠們分佈得很廣，飛魚很少脫逃的機會。那隻鳥卻沒有成功的機會。飛魚對牠來說個頭太大了，而且又飛得太快。

他看著飛魚一再地從海裡冒出來，看著那隻鳥兒徒勞無功的行動。那群魚從我附近逃走啦，他想。牠們逃得太快，游得太遠啦。不過說不定我能逮住一條掉隊的，說不定我嚮往的大魚就在牠們周圍轉悠著。我的大魚總該在某個地方啊。

陸地上空的雲塊這時像山巒似的升到上空中，海岸只剩下一長條綠色的線，背後是些灰青色的小山。海水此刻呈深藍色，深得簡直發紫了。他仔細俯視著海水，只見深藍色的水中穿梭地閃出點點紅色的浮游生物，陽光這時在水中變幻出奇異的光彩。他注視著那幾根釣索，看見它們一直朝下沒入水中看不見的地方，他很高興看到這麼多浮游生物，因爲這說明有魚。太陽此刻昇得更高了，陽光在水中變幻出奇異的光彩，說明目前天氣晴朗，而陸地上空雲塊的形狀也說明了這一點。可是那隻鳥兒這時幾乎看不見了，水面上沒什麼東西，只有幾攤被太陽曬得發白的黃色馬尾藻和一隻緊靠著船舷浮動的僧帽水母，牠那膠質的浮囊呈紫色，具有一定的外形，閃現出虹彩。牠倒向一邊，然後豎直了身子，像個大氣泡般高高興興地浮動著，那些厲害的紫色長觸鬚在水中拖在身後，長達一碼。

「海水給你敗壞啦，水母，」老人說。「你這婊子養的。」他從坐著輕輕蕩槳的地方低頭朝水中望去，看見一些跟拖在水中的那些觸鬚同樣顏色的小魚，牠們在觸鬚和觸鬚之間以及浮囊在浮動時所投下的一小攤陰影中游動著。牠們不會受到水母的毒素影響。可是人就不同了，當老人把一條魚拉回船來時，有些觸鬚會纏在釣索上，紫色的黏液附在上面，他的胳臂和手上就會出現傷痕和瘡腫，就像被毒漆藤或櫟葉毒漆樹感染時一樣。但是這水母的毒素發作得更快，使人痛得像挨鞭子抽一般。

這些閃著虹彩的大氣泡很美。然而牠們正是大海裡最欺詐成性的生物，所以老人樂意看到大海龜把牠們吃掉。海龜發現了牠們，就從正面向牠們進逼，然後閉上眼睛，這樣，從頭到尾完全被硬殼所保護，就把水母連同觸鬚一併吃掉。老人討厭水母，喜歡觀看海龜把牠們吃掉，喜歡在風暴過後在海灘上遇上牠們，喜歡聽到自己用長著老繭的硬腳掌踩在上面時牠們啪地爆裂的聲音。

他喜歡綠色的海龜和玳瑁，牠們形態優美，游水迅速，可以賣好價錢，他還對那又大又笨的綠蠵龜抱著不懷惡意的輕蔑，牠們的甲殼是黃色的，做愛的方式很奇特，興高采烈地吞食僧帽水母時會閉上眼睛。

他對海龜並不抱著神秘的看法，儘管他曾多年乘小船去捕海龜。他爲所有的海龜傷心，甚至包括那些跟小帆船一樣長、重達一噸的大棱龜。人們大都對海龜殘酷無情，因爲一隻海龜給剖開、殺死之後，心臟還要跳動好幾個鐘點。然而老人想，我也有這樣一顆心臟，我的手腳也跟牠們的一樣。他吃白色的海龜蛋，爲了使自己增長力氣。他在五月份連吃了整整一個月，使自己到九、十月份能精力充沛，可以去逮真正的大魚。

他每天還從不少漁夫存放漁具的棚屋中一隻大圓桶裡舀一杯鯊魚肝油喝。桶子就放在那兒，想喝的漁夫都可以去喝。大多數漁夫厭惡這種油的味道。但是也並不比摸黑早起更叫人難受，而且它對防治一切傷風流感都非常有效，對眼睛也有好處。

老人此刻抬眼望去，看見那隻鳥兒又在盤旋了。

「牠找到魚啦，」他說出聲來。這時沒有一條飛魚衝出海面，也沒有小魚紛紛四處逃竄。然而老人望著望著，見到一條小金槍魚躍到空中，一個轉身，頭朝下掉進水裡。這條金槍魚在陽光中閃出銀白色的光，等牠回到了水裡，又有一條條金槍魚躍出水面，牠們是朝四面八方跳的，跳得很遠，捕食小魚，攪得海水翻騰起來。這會兒牠們正繞著小魚轉，驅趕著小魚。

要不是牠們游得這麼快，我倒要趕到牠們中間去看看，老人想道。他便注視著這群魚兒把海水攪得泛白，還有那鳥兒，這時正俯衝下來，扎進在驚慌中被迫浮上海面的小魚群。

「這隻鳥真是個得力的幫手，」老人說。就在這當兒，船梢那根細釣絲在他腳下繃緊了，原來他在腳上繞了一圈，於是他放下雙槳，緊緊抓住細釣絲，動手往回拉，感覺到那小金槍魚在顫悠悠地拉著，有點兒分量。他越往回拉，釣絲就越是顫悠，他看見了水裡藍色的魚背和金色的兩側，然後把釣絲呼的一甩，使魚越過船舷，掉在船中。魚躺在船梢的陽光裡，身子結實，形狀像顆子彈，一雙癡呆的大眼睛直瞪著，動作靈巧敏捷、迅速抖動的尾巴啪躂啪躂地拍打著船板，砰砰有聲，逐漸耗盡了力氣。老人出於好意，猛擊了一下牠的頭，一腳把牠那還在抖動的身子踢到船梢背陰的地方。

「長鰭金槍魚，」他說出聲來。「拿來釣大魚倒挺好。牠該有十磅重吧。」

他記不起自己什麼時候開始在獨自一人的時候會自言自語了。往年他獨自待著時曾以唱歌排遣寂寞，有時候在夜裡唱，那是在小漁船或捕海龜的小艇上值班掌舵時的事。他大概是在那男孩走了，才在獨自待著時開始自言自語的。不過他記不清了。他跟那男孩一塊兒捕魚時，他們一般只在有必要時才說話。他們在夜間說話來著，或者，碰到壞天氣，被暴風雨困在海上的時候。沒有必要就不在海上說話，被認爲是討海人的好規矩，老人一向認爲的確如此，所以始終遵守。可是這會兒他把心裡想說的話脫口說出聲來有好幾次了，因爲沒有旁人會受到他說話的干擾。

「要是別人聽到我在自言自語，會當我發瘋了，」他說出聲來。「不過既然我沒有發瘋，我就不管，還是要說。有錢人在船上有收音機跟他們說話，還把棒球賽的消息告訴他們。」

現在可不是思量棒球賽的時刻，他想。現在只應該思量一樁事。那就是我生來要幹的事。那個魚群周圍很可能有一條大的，他想。我只逮住了正在吃小魚的金槍魚群中一條失散的。可是牠們正游向遠方，游得很快。今天凡是在海面上露面的都游得很快，向著東北方向。難道一天的這個時辰該如此嗎？莫非，這是什麼我不懂得的天氣徵兆？

他眼下已看不見海岸的那一道綠色了，只看得見那些彷彿積著白雪的山峰，以及山峰上空像是高聳雪山般的雲塊。海水顏色深極了，陽光在海水中幻成彩虹七色。那數不清的斑斑點點浮游生物，由於此刻太陽昇到了頭頂上空，都看不見了，眼下老人看得見的僅僅是藍色海水深處的巨大七色光帶，還有他那幾根筆直垂在有一英里深水中的釣索。

漁夫們把所有這種魚都叫做金槍魚，只有等到把牠們出售或者拿來換魚餌時，才分別叫牠們各自的專門名字。這時牠們又沉下海去了。陽光實在很熱，老人感到脖頸上熱辣辣的，划著划著，覺得汗水一滴滴地從背上往下淌。

我大可隨波逐流，他想，自管自睡去，預先把釣索在腳趾上繞上一圈，有動靜時就可以把我弄醒。不過今天是第八十五天，我該一整天好好釣魚。

就在這時，他凝視著釣索，看見其中有一根挑出在水面上的綠色釣竿猛地往水中一沉。

「來啦，」他說。「來啦，」他說著收起雙槳，一點也沒碰上船舷。他伸手去拉釣索，把它輕輕地夾在右手大拇指和食指之間。他感到釣索並不抽緊，也沒什麼分量，就輕鬆地握著。跟著它又動了一下。這回是試探性的一拉，拉得既不緊又不重，他就完全明白這是怎麼回事了。在一百英尋的深處有條大馬林魚正在咬噬那兩條包住鉤尖和鉤身的沙丁魚，這個手工鍛製的釣鉤是從一條小金槍魚的頭部穿出來的。

老人輕巧地攥著釣索，用左手把它從竿子上輕輕解下。他這時可以讓它穿過他手指間滑動，不會讓魚感到一點兒牽引力。

在離岸這麼遠的地方，牠長到本月份，個頭一定挺大了，他想。吃魚餌吧，魚啊。吃吧。請你吃吧。這些魚餌多新鮮，而你呢，待在這六百英尺的深處，在這漆黑的冷水裡。在黑暗裡再繞個彎子，拐回來把牠們吃了吧。

他感到微弱而輕巧的一拉，跟著較猛烈的一拉，這時一定是有條沙丁魚的頭很難從鈎鉤上給扯下來。然後又沒有一絲動靜了。

「來吧，」老人說出聲來。「再繞個彎子吧。聞聞這些魚餌。牠們不是挺鮮美嗎？趁新鮮把牠們吃了，待會兒還有那條金槍魚呢。又結實，又涼快，又鮮美。別怕難爲情，魚兒。把牠們吃了吧。」

他把鈎索夾在大拇指和食指之間等待著，同時盯著它和其他那幾根鈎索，因爲這魚可能已游到了高一點或低一點的地方去了。跟著又是那麼輕巧地一拉。

「牠會咬餌的，」老人說出聲來。「求天主讓牠咬餌吧。」

然而牠沒有咬餌。牠游走了，老人沒感到有任何動靜。

「牠不可能游走的，」他說。「天知道牠是不可能游走的。牠正在繞彎子呢。也許牠以前上過鈎，現在還有點兒記得。」

跟著他感到鈎索輕輕地動了一下，於是他高興了。

「牠剛才不過是在轉身，」他說。「牠會咬餌的。」

感到這輕微的一拉，他很高興，接著感到有些猛拉的感覺，很有分量，叫人難以相信。這是魚本身的重量造成的，他就鬆手讓鈎索朝下、朝下、朝下溜，從那兩卷備用鈎索中的一卷上放出鈎索。它從老人指間輕輕溜下去的時候，他依舊感覺到很大的分量，儘管他的大拇指和食指施加的壓力簡直小得覺察不到。

「多棒的魚啊，」他說。「牠正把魚餌斜叼在嘴裡，帶著牠在游走哩。」

牠就會掉過頭來把餌吞下的，他想。他沒有把這句話說出聲來，因爲他知道，一樁好事如果說破了，也許就不會發生了。他知道這條魚有多大，他想像到牠嘴裡橫銜著金槍魚，正在黑暗中游走。這時他覺得牠停止不動了，可是分量還是沒變。跟著分量越來越重了，他就再放出一點釣索。他一時加強了大拇指和食指上的壓力，於是釣索上的分量增加了，一直傳到水中深處。

「牠咬餌啦，」他說。「現在我來讓牠好好吃一頓。」

他讓釣索在指間朝下溜，同時朝下伸出左手，把兩卷備用釣索的一端緊繫在旁邊那根釣索的兩卷備用釣索上。他已經準備好了。他眼下除了正在使用的那釣索卷兒，還有三個四十英尋長的卷兒可供備用。

「再吃一些吧，」他說。「好好地吃吧。」

吃了吧，這樣可以讓釣鉤的尖端扎進你的心臟，把你弄死，他想。輕鬆愉快地浮上來吧，讓我把魚叉刺進你的身子。好了。你準備好了?你進餐的時間夠長了吧?

「來吧!」他說出聲來，用雙手使勁猛拉釣索，收進了一碼，然後連連猛拉，使出手臂上的全副勁兒，拿身子的重量作爲支撐，揮動雙臂，輪替地把釣索往回拉。

什麼用也沒有。那魚只顧慢慢地游開去，老人無法把牠往上拉一英寸。他這釣索很結實，是製作來釣大魚的，他把它套在背上猛拉，釣索給繃得太緊，上面竟蹦出水珠來。隨後它在水裡漸漸發出一陣噝噝聲，但他依舊攥著它，在座板上死勁撐住了自己的身子，仰起上半身來抵消魚的拉力。船兒慢慢地向西北方向駛去。

魚兒一刻不停地游著，魚和船在平靜的水面上慢慢地行進。另外那幾個魚餌還在水裡，沒有動靜，所以用不著應付。

「但願那男孩在這兒就好了，」老人說出聲來。「我正被一條魚拖著走，成了一根繫牽繩的短柱啦。我可以把釣索繫在船舷上。不過這一來魚兒會把它扯斷的。我得拚命牽住它，必要的時候放出釣索來減壓。謝謝老天，牠還在朝前游，沒有朝下鑽進海底去。」

我不知道如果牠決意朝下鑽，我該怎麼辦。我不知道如果牠潛入海底，死在那兒，我該怎麼辦。可是我必須做些什麼。我能做的事情多著呢。

他攥住了勒在背脊上的釣索，緊盯著它直往水中斜去，而小帆船正不停地朝西北方駛去。

這樣能叫牠送命，老人想。牠不能一直這樣游下去。然而過了四個鐘點，那魚照樣拖著這條小帆船，不停地向大海游去，而老人依然緊緊攥著勒在背脊上的釣索。

「我是中午把牠釣上的，」他說。「不過我始終還沒見過牠。」

他在釣上這魚以前，早把草帽拉下，緊扣在腦門上，這時勒得他的前額好痛。他還覺得口渴，便雙膝跪下，小心不扯動釣索，儘量朝船頭爬去，伸手去取水瓶。他打開瓶蓋，喝了一點水。然後靠在船頭上休息。他坐在從桅座上拔下的纏著帆的桅桿上，竭力不去想什麼，只顧熬下去。

隨後他回頭一望，陸地已沒有一絲蹤影了。這沒有關係，他想。我總能憑著哈瓦那的燈火回港的。太陽離沉下去還有兩個鐘點，也許不到那時魚就會浮上來。如果牠不上來，也許會隨著月出浮上來。如果牠在月出時還不上來，也許會隨著明天日出浮上來。我手腳沒有抽筋，我仍然身強力壯。是牠的嘴給釣住了啊。不過拉力這樣大，這該是條多大的魚啊。牠的嘴準是死死地咬住了那鋼絲釣鉤。但願能看到牠。但願能知道我這對手是什麼樣子的，哪怕只看一眼也好。

老人憑著觀察天上的星斗，看出那魚在當夜始終沒有改變牠的路線和方向。太陽下去後，天氣轉涼了，老人的背脊、胳膊和衰老的腿上的汗水都乾了，他感到有些發冷。白天裡，他曾把蓋在魚餌盒上的麻袋取下，攤在陽光裡曬乾。太陽下去後，他把麻袋繫在脖子上，讓它披在背上，並且小心地把它塞在如今正掛在肩上的釣索下面。有麻袋墊著釣索，他發現可以彎身向前靠在船頭上，這樣簡直可說很舒服了。這姿勢實在只能說是多少叫人好受一點兒，可是他自以為簡直可說是非常舒服了。

我拿牠一點沒辦法，牠也拿我一點沒辦法，他想。只要牠老是這樣幹下去，就只能彼此僵持。

他有一回站起身來，隔著船舷撒尿，然後抬眼望著星斗，核對他的航向。釣索從他肩上一直鑽進水裡，看來像一道磷光。魚和船此刻行動放慢了，哈瓦那的燈火也不大輝煌，他於是明白，海流準是在把他們雙方帶向東方。如果我就此看不見哈瓦那炫目的燈光，我們一定是到了更東的地方，他想。因爲，如果這魚的路線沒有改變，我準會好幾個鐘點都看得見燈光。不知今天的棒球大聯賽結果如何，他想。幹這行當有台收音機聽才美哪。接著他想，老是惦記著這玩意兒。想想你正在幹的事情吧。你哪能幹蠢事啊。

然後他說出聲來，「但願那男孩在就好了。可以幫我一把，也讓他見識見識這種情景。」

誰也不該上了年紀獨自一人幹活，他想。不過這也是避免不了的。爲了保持體力，我一定要記住趁金槍魚還沒壞時就吃。記住了，哪怕你只想吃一點點，也必須在早上吃。記住了，他對自己說。

夜間，有兩條海豚游到小船邊來，他聽見牠們在那兒翻騰和噴水的聲音。他能辨別出那雄的發出喧鬧的噴水聲和那雌的發出喘息般的噴水聲。

「牠們都是好傢伙，」他說。「牠們彼此嬉耍，打鬧，相親相愛。牠們是我們的兄弟，就像飛魚一樣。」

跟著他憐憫起這條被他釣住的大魚來了。牠真出色，真奇特，而且有誰知道牠年齡多大呢，他想。我從沒釣到過這樣強大的魚，也沒見過行動這樣奇特的魚。也許牠太機靈，不願跳出水來。牠原可以跳出水來，或者來個猛衝狠撞，把我整垮。不過，也許牠曾上鉤過好多次，所以知道應該如何搏鬥。牠哪會知道牠的對手只有一個人，而且是個老頭兒。不過牠是條多大的魚啊，如果肉質肥美，在市場上能賣多大一筆錢啊。牠咬起餌來像條雄魚，拉起釣索來也像雄魚，搏鬥起來一點也不驚慌。不知道牠有沒有什麼打算，還是跟我一樣，不顧死活撐下去？

他想起有一回釣上了一對大馬林魚中的一條。雄魚總是讓雌的先吃，那條上了鉤的正是雌魚，牠像發了狂，驚慌失措而絕望地掙扎著，不久就筋疲力盡了，那條雄魚始終待在牠身邊，在釣索下竄來竄去，陪著牠在水面上一起打轉。這雄魚離釣索好近，老人生怕牠會用尾巴把釣索割斷，這尾巴像大鐮刀般鋒利，大小和形狀都和大鐮刀差不多。老人用魚鉤把雌魚鉤上來，用棍子揍牠，握住了那邊緣如砂紙似的、輕劍般的長嘴，連連朝牠頭頂打去，直打得牠的顏色變成和鏡子背面的顏色差不多，然後由男孩幫忙，把牠拖上船來，這當兒，那雄魚一直待在船舷邊。隨後，當老人忙著解下釣索、準備好去拿魚叉時，雄魚在船邊高高地跳到空中，看了看雌魚在哪裡，然後鑽進深水，牠那淡紫色的翅膀，實在正是牠的胸鰭，大大地張開來，於是牠身上所有的淡紫色寬條紋都露出來了。牠是美麗的，老人想起，而牠始終待在那兒不走。

這是我生平看到過最傷心的情景了，老人想。那男孩也很傷心，因此我們請求這條雌魚原諒，馬上把牠宰了。

「但願那孩子在這兒就好了，」他說出聲來，把身子安靠在船頭邊緣已被磨圓的木板上，通過勒在肩上的釣索，感覺到大魚的力量，而牠正朝著牠所選擇的方向穩穩地游去。

我一旦幹下了設計捕牠的勾當，牠便不得不作出選擇了，老人想。

牠選擇的是待在黑暗的深水裡，遠遠地避開一切圈套、羅網和詭計。我選擇的是趕到誰也沒到過的地方去找牠。到世界上沒人去過的地方。如今我跟牠被拴在一起了，從中午起就是如此。而且我和牠都沒有幫手可以勝一臂之力。

也許我不該當捕魚人，他想。然而這正是我生來該做的行當。我一定要記住，一等天亮就吃那條金槍魚。

離天亮還有點時間，有什麼東西咬住了他背後的一個魚餌。他聽見釣竿啪地折斷了，於是那根釣索越過船舷朝外直溜。他摸黑拔出鞘中的刀子，用左肩承擔起大魚所有的拉力，身子朝後靠，把木船舷上的釣索割斷。然後把另一根離他最近的釣索也割斷了，摸黑把這兩個備用的釣索卷兒的斷頭繫在一起。他用一隻手熟練地操作著，在牢牢地打結時，一隻腳踩住了釣索卷兒，免得移動。他現在有六卷備用釣索了。他剛才割斷的那兩根有魚餌的釣索各有兩卷備用釣索，加上被大魚咬住魚餌的那根上的兩卷，它們全都接在一起了。

等天亮了，他想，我好歹要回到那根把魚餌放在水下四十英尋深處的釣索邊，把它也割斷了，連結在那些備用釣索卷兒上。我要丟掉兩百英尋長的，堪稱上佳的加泰羅尼亞釣索，以及釣鉤和導線。這些都是能再置備的。萬一釣上了別的魚，把這條大魚倒搞丟了，那該去找什麼魚來替代呢？我不知道剛才咬餌的是什麼魚。很可能是條大馬林魚，或者劍魚，或者鯊魚。我根本來不及弄清楚。我不得不趕快把牠擺脫掉。

他說出聲來，「但願那孩子在就好了。」

可是男孩並不在這裡，他想。你只有你自己一個人，你好歹還是去收拾那最後一根釣索吧，不管天黑不黑，把它割斷了，繫上那兩卷備用釣索才對。

他就這樣做了。摸著黑做很困難，有一回，那條大魚掀動了一下，把他拖倒在地，臉朝下，眼睛下給劃了一道口子。鮮血從他臉頰上淌下來。但還沒流到下巴上就凝固、乾掉，於是他挪動身子回到船頭，靠在木船舷上歇息。他拉好麻袋，把釣索小心地挪到肩上另一個地方，用肩膀把它固定住，握住了小心地試試那魚拉曳的分量，然後伸手到水裡測度小船航行的速度。

不知道這魚為什麼剛才突然搖晃了一下，他想。大概是釣索在牠高高隆起的背脊上滑動了一下。牠的背脊當然痛得及不上我的。然而不管牠力氣多大，總不能永遠拖著這條小帆船跑吧。眼下凡是會惹出亂子來的東西都除掉了，我卻還有好多備用的釣索；一個人還能做到的也無非如此吧。

「魚啊，」他輕輕地說出聲來，「我要跟你奉陪到死。」依我看，牠也要跟我奉陪到死的，老人想，於是他等待著天明。眼下正當破曉前的時分，天氣很冷，他把身子緊貼著木船舷來取暖。牠能熬多久，我也能熬多久，他想。天色微明中，釣索伸展著，朝下通到水中。小船平穩地移動著，初昇的太陽一露邊兒，陽光就直射在老人的右肩上。

「牠在向北游啊，」老人說。海流會把我們遠遠地向東方送去，他想。但願牠會隨著海流拐彎。那樣就說明牠越來越疲乏了。

等太陽昇得更高了，老人才發覺這魚並沒有疲倦。只有一個有利的徵兆。釣索的斜度說明牠正在較淺的地方游著。這不一定表示牠會躍出水來。但牠有可能會這樣。

「天主啊，叫牠跳出來吧，」老人說。「我的釣索夠長，可以對付牠。」

也許我把釣索稍微拉緊一點兒，讓牠覺得痛，牠就會跳起來，他想。既然是白天了，就讓牠跳吧，這樣牠會把沿著背脊的那些液囊裝滿了空氣，牠就沒法沉到海底死去了。

他動手拉緊釣索，可是自從釣上這條魚以來，釣索已經繃緊到快要扯斷的地步，他就向後仰著身子來拉，感到是硬梆梆的，就知道沒法拉得更緊了。我千萬不能猛地一拉，他想。每猛拉一次，會把釣鉤劃出的口子弄得更寬些，等牠當真跳起來時，牠也許就會把釣鉤甩掉。反正太陽已出來了，我已覺得好過些，這一回我不用盯著太陽看了。

釣索上黏著黃色的海藻，但老人知道這只會給魚增加一些拉力，所以很高興。正是這種黃色的果囊馬尾藻，在夜間發出那麼強的磷光。

「魚啊，」他說，「我愛你，非常尊敬你。不過今天我無論如何要把你殺死。」

但願能做到吧，他想。一隻小鳥從北方朝小帆船飛來。那是隻鳴禽，在水面上飛得很低。老人看出牠非常疲乏了。

鳥兒飛到船梢上，在那兒歇一口氣。然後牠繞著老人的頭飛了一圈，落在那根釣索上，在那兒牠顯得比較舒服些。

「你多大了？」老人問鳥兒。「你這是第一次出門吧？」

他說話的時候，鳥兒望著他。牠太疲乏了，竟沒有細看這釣索，就用小巧的雙腳緊抓住了釣索，在上面搖啊晃的。

「這釣索很穩當，」老人對牠說。「太穩當啦。昨晚上沒有風，你怎麼會這樣疲乏啊。鳥兒都怎麼啦？」

因為有老鷹，他想，飛到海上來追捕牠們。但是這話他沒跟這鳥兒說，反正牠也不懂他的話，而且很快就會知道老鷹的厲害。

「好好休息吧，小鳥，」他說。「然後飛到空中去碰碰運氣，像什麼人或者鳥或者魚那樣。」

他靠說話來鼓勁，因為他的背脊在夜裡變得僵直，眼下真痛得厲害。

「樂意的話就住在我家吧，鳥兒，」他說。「很抱歉，我不能趁眼下刮起小風的當兒，扯起帆來把你帶回去。可是我總算有個朋友在一起了。」

就在這當兒，那魚陡地一歪，把老人拖倒在船頭上，要不是他及時撐住了身子，放出一段釣索，早把他拖到海裡去了。

釣索猛地一抽時，鳥兒飛走了，老人竟沒有看到牠飛走。他用右手小心地摸摸釣索，發現手上正在淌血。

「看來是這魚給什麼東西弄傷了，」他說出聲來，把釣索往回拉，看能不能叫魚轉回來。但是拉到快繃斷的當兒，他就握穩了釣索，身子朝後倒，來抵消釣索上的那股拉力。

「你現在覺得痛了吧，魚，」他說。「老實說，我也是如此啊。」

他掉頭尋找那隻小鳥，因為很樂意有牠來作伴。但鳥兒已飛走了。

你沒有待多久啊，老人想。但是你去的地方風浪較大，要飛到了岸上才平安。我怎麼會讓那魚猛地一拉，劃破了手？我一定是越來越笨拙了。要不，也許是因為只顧望著那隻小鳥，想著牠的事兒。現在我要關心自己的活兒，過後得把那金槍魚吃下，這樣才不致沒力氣。

「但願那孩子在這兒，而且我手邊有點兒鹽，」他說出聲來。

他把沉甸甸的釣索挪到左肩上，小心地跪下，在海水裡洗手，把手在水裡浸了一分多鐘，注視著血液在海水中漂開去，而那平穩流著的海水隨著船的移動在他手上拍打著。

「牠游得慢多了，」他說。

老人巴不得把手在這鹽水中多浸一會兒，可是害怕那魚又陡地一歪，於是站起身，振作起精神，舉起那隻手，朝著太陽。只不過被釣索勒了一下，割破了皮肉而已。然而這正是手上最得力的地方。他知道需要這雙手來把這樁事幹到底，當然不希望還沒動手就讓手給割破了。

「現在，」等手曬乾了，他說，「我該吃小金槍魚了。我可以用魚鉤把牠鉤過來，在這兒舒舒服服地吃。」

他跪下來，用魚鉤在船梢下找到了那條金槍魚，小心不讓牠碰著那幾卷釣索，把牠鉤到自己身邊來。他又用左肩挎住了釣索，把左手和胳臂撐在座板上，從魚鉤上取下金槍魚，再把魚鉤放回原處。他把一膝壓在魚身上，從牠的脖頸豎割到尾部，割下一條條深紅色的魚肉。這些肉條的斷面是楔形的，他從脊骨邊開始割，直割到肚子邊。他割下了六條魚肉攤在船頭的木板上，在褲子上擦擦刀子，拎起魚尾巴，把魚骨扔在海裡。

「我看我是吃不下一整條的，」他說，用刀子把一條魚肉一切為二。他感到那釣索一直緊拉著，弄得他的左手抽起筋來。這左手緊緊握住了粗釣索，他厭惡地朝它看著。

「這算什麼手啊，」他說。「隨你去抽筋吧。變成一隻鳥爪吧。對你可不會有好處。」

快點，他想，望著斜向黑暗深水裡的釣索。快把牠吃了，可以使手有力氣。不能怪這隻手不好，因為你跟這魚已經打了好幾個鐘點的交道啦。不過你是能跟牠周旋到底的。馬上把這小金槍魚吃了。

他拿起半條魚肉，放在嘴裡，慢慢地咀嚼。倒並不難吃。

好好兒咀嚼，他想，把汁水都咽下去。如果加上一點兒酸橙或檸檬或鹽，味道就更不錯了。

「感覺怎麼樣，手啊？」他問那隻抽筋的手，它僵直得幾乎跟死屍一般。「我要為了你再吃一點兒。」

他吃著那條他切成兩段的魚肉的另外一半。細細地咀嚼，然後把魚皮吐出來。

「覺得怎麼樣，手啊？是不是現在還不到時候，說不上來？」他拿起一整條魚肉，咀嚼起來。

「這是條壯實而血氣旺盛的魚，」他想。「我運氣好，捉到了牠，而不是條小海豚。海豚太甜了。這魚簡直一點也不甜，元氣還都保存著。」

然而話又說回來，最有道理的還是得講究實際，他想。但願我有點兒鹽。我還不知道太陽會不會把剩下的魚肉給曬壞或者曬乾，所以最好把牠們都吃了，儘管我並不餓。那魚現在又平靜又安穩。我把這些魚肉統統吃了，就有力氣對付牠啦。

「耐心點吧，手啊，」他說。「我這樣吃東西是為了你啊。」

我巴望也能餵餵那條大魚，他想。牠是我的兄弟。可是我不得不把牠弄死，而且我得保持精力來這樣做。他認真地慢慢地把那些楔形的魚肉條全都吃了。

他直起腰來，把手在褲子上擦了擦。

「行了，」他說。「你可以放掉釣索了，手啊，我要單單用右臂來對付牠，直到你不再胡鬧。」他把左腳踩住剛才用左手攥著的粗釣索，身子朝後倒，用背部來承受那股拉力。

「天主幫幫我，讓這抽筋快好吧，」他說。「因為我不知道這條魚還要幹什麼。」

不過牠似乎鎮靜而從容不迫，他想，牠在按著牠的計畫行動。可是牠的計畫是什麼，他想。我的又是什麼？我必須隨機應變，拿我的計畫來對付牠的，因為牠個兒這麼大。如果牠跳出水來，我就能弄死牠。但是牠始終待在下面不上來。那我也只好跟牠奉陪到底。

他把那隻抽筋的手在褲子上摩擦，想使手指鬆動鬆動。可是手張不開來。也許隨著太陽出來它能張開，他想。也許等那些滋養的生金槍魚肉消化後，它能張開。如果我非靠這隻手不可，我要不惜任何代價把它張開。但是我眼下不願硬把它張開。讓它自行張開，自動恢復過來吧。我昨夜畢竟把它使用得過度了，但那時候是不得不把各條釣索解開，繫在一起。

他眺望著海面，發覺他此刻是多麼孤單。但是他可以看見漆黑海水深處的彩虹七色、面前伸展著的釣索和那平靜的海面上的奇妙波動。由於貿易風的吹刮，這時雲塊正在積聚起來，他朝前望去，見到一群野鴨在海面上飛，在天空的襯托下，身影刻畫得很清楚，然後模糊起來，然後又清楚地刻畫出來，於是他明白，一個人在海上是永遠不會孤單的。

他想到有些人乘小船駛到了瞭望不見陸地的地方，會覺得害怕，他明白在天氣會突然變壞的那幾個月裡，他們是有理由害怕的。可是如今正當刮颶風的月份，而在不刮颶風的時候，這些月份正是一年中天氣最佳的時分。

要是颶風即將到來，而你正在海上的話，你總能在好幾天前就看見天上有種種跡象。人們在岸上可看不見，因爲他們不知道該找什麼，他想。陸地上一定也看得見異常的現象，那就是雲的式樣不同。但是眼前不會刮颶風。

他望了望天空，看見一團團白色的積雲，形狀像一堆堆令人心怡神往的霜淇淋，而在高高的上空，九月裡的高空襯托出一縷縷羽毛般的卷雲。

「東北風在輕輕吹，」他說。「這天氣對我比對你更有利，魚啊。」他的左手依然在抽筋，但他正在慢慢地把它張開。

我恨抽筋，他想。這是對自己身體的背叛行爲。由於食物中毒而腹瀉或者嘔吐，是在別人面前丟臉。但是抽筋，他想，在西班牙語中叫calambre，是丟自己的臉，尤其是一個人獨自待著的時候。

要是那男孩在這兒，他可以給我揉揉胳臂，從前臂一直往下揉，他想。不過這手總會鬆開的。

隨後，他用右手去摸釣索，感到它拉扯著的分量變了，這才看見在水裡的斜度也變了。跟著他俯身朝著釣索，把左手啪地緊按在大腿上，看見傾斜的釣索在慢慢地向上升起。「牠上來啦，」他說。「手啊，快點。請快點張開。」

釣索慢慢地穩穩上升，接著小船前面的海面鼓起來，魚兒跳出水了。牠不停地往上冒，水從牠身上向兩邊直瀉。牠在陽光裡顯得明亮耀眼，腦袋和背部呈深紫色，兩側的條紋在陽光裡顯得寬闊，帶著淡紫色。牠的長嘴像棒球棒那樣長，逐漸變細，尖得像一把細長的劍，牠把全身從頭到尾都露出水面，然後像潛水夫般滑溜地又鑽進水去，老人看見牠那大鐮刀般的尾巴沒入水裡，釣索開始往外飛速溜去。

「牠比這小帆船還長兩英尺，」老人說。釣索朝水中溜得既快又穩，說明這魚並沒有受驚。老人設法用雙手拉住釣索，用的力氣剛好不致被魚扯斷。他明白，要是他沒法用穩定的手勁使魚慢下來，牠就會把釣索全部拖走，並且繃斷。

牠是條大魚，我一定要制服牠，他想。我一定不能讓牠明白牠有多大的力氣，明白牠如果飛逃的話，能幹出什麼來。我要是牠，眼下就要使出渾身的力氣，一直飛逃到什麼東西繃斷為止。但是感謝天主，牠們沒有我們這些要殺害牠們的人聰明；儘管牠們比我們高尚，而且更有能耐。

老人見過許多大魚。他見過許多超過一千磅的，而且前半輩子也曾逮住過兩條這麼大的，不過從未一個人逮住過。現在他是獨自一個人，看不見陸地的影子，卻在跟一條比他曾見過、曾聽說過的更大的魚緊拴在一起，而他的左手依舊拳曲著，像緊抓著的鷹爪。

不過它就會復原的，他想。它當然會復原，來幫助我的右手。有三樣東西是兄弟：那條魚和我的兩隻手。這手一定會復原的。真可恥，它竟會抽筋。魚又慢下來了，正用牠慣常的速度游著。

弄不懂牠剛才為什麼跳出水來，老人想。簡直像是為了讓我看看牠個兒有多大。反正我現在知道了，他想。但願我也能讓牠看看我是個什麼樣的人。不過這一來牠會看到這隻抽筋的手了。讓牠以為我是個男子漢氣概要比我現在更足的人吧，事實上我能夠做到這一點。但願我就是這條魚，他想，但願牠正使出所有的力量，來對抗我的意志和我的智慧。

他舒舒服服地靠在木船舷上，忍受著襲上身來的痛楚感，那魚仍穩定地游著，小船穿過深色的海水緩緩前進。隨著東方吹來的風，海上起了小浪，到中午時分，老人那抽筋的左手復原了。

「這對你是壞消息，魚啊，」他說，把釣索從披在肩頭的麻袋上挪了一下位置。

他感到舒服，但還是覺得痛苦，儘管他根本不承認是痛苦。

「我並不篤信宗教，」他說。「但是我願意念十遍《天主經》和十遍《聖母經》，使我能逮住這條魚，我還許下心願，如果逮住了牠，一定去朝拜科夫萊的聖母。這是我許下的心願。」

於是他機械地念起祈禱文來。有些時候因為他太疲倦了，竟背不出祈禱文，他就飛快地念下去，使字句能順口念出來。《聖母經》要比《天主經》容易念，他想。

「萬福瑪利亞，滿被聖寵者，主與爾偕焉，女中爾爲讚美。爾胎子耶穌，並爲讚美。天主聖母瑪利亞，爲我等罪人，今祈天主，及我等死候。阿門。」然後他加上了兩句，「萬福童貞聖母，祈求你叫這魚死去吧。儘管牠是那麼了不起。」

念完了祈禱文，他覺得舒坦多了，但手依舊像剛才一樣地痛，也許更厲害一點兒，於是他背靠在船頭的木舷上，機械地活動起左手的手指。

此刻陽光很熱了，儘管微風正在柔和地吹起。

「我還是把挑出在船梢的細釣絲重新裝上釣餌的好，」他說。「如果那魚打算在這裡再過上一夜，我就需要再吃點東西，再說，水瓶裡的水也不多了。我看這兒除了海豚，也逮不到什麼別的東西。但是，如果趁牠新鮮的時候吃，味道不會差。我希望今夜有條飛魚跳上船來。可惜我沒有燈光來引誘牠。飛魚生吃的味道美得很，而且不用把牠切成小塊。我眼下必須保存所有的精力。天啊，我當初不知道這魚竟這麼大。」

「可是我要把牠宰了，」他說。「不管牠多麼了不起，多麼神氣。」

然而這是不公平的，他想。不過我要讓牠知道人有多少能耐，人能忍受多少磨難。

「我跟那孩子說過來著，我是個不同尋常的老頭兒，」他說。「現在是證實這話的時候了。」

他已經證實過上千回了，這算不上什麼。眼下他正要再證實一回。每一回都是重新開始，他這樣做的時候，從來不去想過去。

但願牠睡去，這樣我也能睡去，夢見獅子，他想。爲什麼如今夢中主要只剩下了獅子？別想了，老頭兒，他對自己說。眼下且輕輕地靠著木船舷歇息，什麼都不要想。牠正在忙碌著。你越少忙碌越好。

時間已是下午，船依舊緩慢而穩定地移動著。不過這時東風給船增加了一份阻力，老人聽憑船隨著不大的海浪緩緩漂流，釣索勒在他背上的感覺變得容易忍受而平和些了。

下午有一回，釣索又升上來了。可是那魚不過是在稍微高一點的海面下繼續游著。太陽曬在老人的左臂、左肩和背脊上。所以他知道這魚已轉向東北方了。

既然這魚他已看見過一回，他就能想像牠在水裡游的樣子，牠那翅膀般的紫色胸鰭大張著，直豎的大尾巴劃破黝黑的海水。不知道牠在那樣深的海裡能看見多少東西，老人想。牠的眼睛真大，馬的眼睛要小得多，但在黑暗裡看得見東西。從前我在黑暗裡能看得很清楚。可不是在烏漆抹黑的地方。不過那時我簡直能像貓一樣看東西。

陽光和他手指不斷的活動，使他抽筋的左手這時完全復原了，他就著手讓它多負擔一點拉力，並且聳聳背上的肌肉，使釣索挪開一點兒，把痛處換個地方。

「你要是沒累壞的話，魚啊，」他說出聲來，「那你真是不可思議啦。」

他這時感到非常疲乏，他知道夜色就要降臨，所以竭力想些別的事兒。他想到棒球的兩大聯賽，就是他用西班牙語所說的 Gran Li-gas，他知道紐約市的洋基隊正在迎戰底特律的老虎隊。

這是聯賽的第二天，可我不知道比賽的結果如何，他想。但是我一定要有信心，一定要對得起那了不起的打擊王迪馬吉奧，他即使腳後跟長了骨刺，感到疼痛，也能把一切做得十全十美。骨刺是什麼玩意兒？他問自己。西班牙語叫做 un espuela de hueso。我們沒有這玩意兒。它痛起來跟鬥雞腳上裝的距刺扎進腳後跟時一樣厲害嗎？我想我是忍受不了這種痛苦的，也不能像鬥雞那樣，一隻或兩隻眼睛被啄瞎後仍舊戰鬥下去。人跟偉大的鳥獸相比真算不上什麼。我還是情願做那隻待在黑幽幽深水裡的動物。

「除非有鯊魚來，」他說出聲來。「如果有鯊魚來，願天主憐憫牠和我吧。」

你以爲那了不起的迪馬吉奧能守著一條魚，像我守著這條一樣長久嗎？他想。我相信他能，而且更長久，因爲他年輕力壯。更何況他父親當過漁夫。不過骨刺會不會使他痛得太厲害呢？

「我說不上來，」他說出聲來。「我從沒長過骨刺。」

太陽落下去的時候，爲了給自己增強信心，他回憶起那次在卡薩布蘭卡一家酒店裡，跟那個碼頭上力氣最大的人，從西恩富戈斯來的大個子黑人比手勁的情景。整整一天一夜，他們把胳膊肘擱在桌面一道粉筆線上，胳膊朝上伸直，兩隻手緊握著。雙方都竭力將對方的手使勁朝下壓到桌面上。賭注下了真不少，人們在室內的煤油燈下走出走進，他打量著黑人的胳膊和手，還有這黑人的臉。最初的八小時過後，他們每四小時換一名裁判，好讓裁判輪流睡覺。他和黑人手上的指甲縫裡都滲出血來，他們倆緊盯著彼此的眼睛，望著對方的手和胳膊，那些打賭的人在屋裡走出走進，坐在靠牆的高腳椅子上旁觀。四壁漆著明亮的藍色，是木製的板壁，幾盞燈把他們的影子投射在牆上。黑人的影子非常大，隨著微風吹動掛燈，這影子在牆上移動著。

一整夜，分不出勝負。賭注的賠率來回變換著，人們把朗姆酒送到黑人嘴邊，替他點燃香菸。黑人喝了朗姆酒，拚命使出勁兒來，老人呢，當時還不是個老人，而是「冠軍」聖地牙哥，有一回他的手被扳下去將近三英寸。然而老人把手扳回來，又成為平手了。他當時確信自己已占了這黑人的上風，那是個好厲害的黑人，了不起的運動員。天亮時，打賭的人們要求當和局算了，裁判直搖頭，老人卻使出了渾身的力氣，硬是把黑人的手一點點朝下扳，直到擱在桌面上。這場比賽是在一個星期天的早上開始的，直到星期一早上才結束。好多打賭的人要求算是和局，因為他們得上碼頭去幹活，把麻袋裝的蔗糖裝上船，或者上哈瓦那煤行去工作。要不然人人都會要求比賽到底的。但是他反正把它結束了，而且趕在任何人上工之前。

此後好一陣子，人人都管他叫「冠軍」，第二年春天又舉行了一場比賽。不過賭注的數目不大，他很容易就贏了，因為他在第一場比賽中已打垮了那個西恩富戈斯來的黑人的自信心。他後來又比賽過幾次，就再也不幹了。他認為如果一心想要做到的話，他能夠打敗任何人，他還認為，這對他要用來釣魚的右手有害。他曾嘗試用左手作了幾次練習賽。但是他的左手一向背叛他，不願聽他的吩咐行動，因此他不信任它。

這會兒太陽就會把手好好曬乾的，他想。它不會再抽筋了，除非夜裡太冷。我真不知道這一夜會發生什麼事。

一架飛機在他頭上飛過，正循著航線飛向邁阿密，他看著它的影子驚起成群成群的飛魚。

「有這麼多的飛魚，這裡該有海豚，」他說，倒身向後靠在釣索上，看能不能把那魚拉過來一點兒。但是不行，釣索照樣緊繃著，上面抖動著水珠，都快繃斷了。船緩緩地前進，他緊盯著飛機，直到看不見爲止。

坐在飛機裡一定感覺很怪，他想。不知道從那麼高的地方朝下望，海是什麼樣子？要不是飛得太高，他們一定能清楚地看到這條魚。我希望在兩百英尋的高度飛得極慢極慢，從空中看魚。我曾經在捕海龜的船中，待在桅頂橫桁上，即使從那樣的高度也能看到不少東西。從那裡朝下望，海豚的顏色更綠，你能看清牠們身上的條紋和紫色斑點，你可以看見牠們整整一大群在游水。怎麼搞的，凡是在黝深水流中游得很快的魚都有紫色的背脊，一般還有紫色條紋或斑點？海豚在水裡時當然看上去是綠色的，然而牠們實在是金黃色的。但是當牠們餓得慌、想吃東西的時候，身子兩側就會出現紫色條紋，就像大馬林魚那樣。是因爲憤怒，還是因爲游得太快，才使這些條紋顯露出來的呢？

就在天快黑之前，老人和船經過好大一片馬尾藻，在風浪很小的海面上動盪著，彷彿海洋正和什麼東西在一條黃色的毯子下做愛，這時，他那根細釣絲給一條海豚咬住了。他第一次看見牠是在牠躍出水面的當兒，在最後一線陽光中呈黃金色，牠在空中彎起身子，瘋狂地撲打著。牠驚慌得一次次躍出水面，像在做雜技表演，他便慢慢地挪動身子，回到船梢蹲下，用右手和右臂攥住那根粗釣索，用左手把海豚往回拉，每收回一段釣索，就用光著的左腳踩住。等到這條帶紫色斑點的金光燦爛的魚給拉到了船梢邊、絕望地左右亂竄亂跳時，老人探出身去，把牠拎到船梢上。牠的嘴被釣鉤掛住了，抽搐地動著，急促地連連咬著釣鉤，還用牠那長而扁的身體、尾巴和腦袋拍打著船底，直到他用木棍打了一下牠金光閃亮的腦袋，牠才抖了一下，不動了。

老人把釣鉤從魚嘴裡拔出來，重新安上一條沙丁魚作餌，把牠甩進海裡。然後他挪動身子慢慢地回到船頭。他洗了左手，在褲腿上擦乾。跟著他把那根粗釣索從右手挪到左手，在海裡洗著右手，同時望著太陽沉到海裡，還望著那根斜入水中的粗釣索。

「那魚還是老樣子，一點也沒變，」他說。但是他注視著海水如何拍打在他手上，發覺船走得顯然慢些了。

「我來把這兩支槳交叉綁在船梢，這樣在夜裡能使那魚慢下來，」他說。「牠能熬夜，我也能。」

最好稍等一會兒才剖開這海豚，這樣可以讓鮮血留在魚肉裡，他想。我可以等一會兒再做，眼下且把槳紮起來，在水裡拖著，增加阻力。眼下還是讓在海面下游著的大魚安靜些好，在日落時分別去過分驚動牠。對所有的魚來說，太陽落下去的時分都是難熬的。

他把手舉起來晾乾了，然後攥住釣索，儘量放鬆身子，聽任自己被拖向前去，身子貼在木船舷上，這樣船承擔的拉力和他自己承擔的一樣大，也許更大些。

我漸漸學會該怎麼做了，他想。反正至少在這一方面是如此。再說，別忘了牠咬餌以來還沒吃過東西，而且牠身子龐大，需要很多的食物。我已經把這整條金槍魚吃了。明天我將吃那條海豚。他管牠叫「黃金魚」。也許我該在把牠開膛清腸時吃上一點兒。牠比那條金槍魚要難吃些。不過話得說回來，幹什麼都不容易。

「你覺得怎麼樣，魚啊？」他開口問。「我覺得很好過，我左手已經好轉了，我有可供一夜和一個白天吃的食物。你就拖著這船吧，魚啊。」

他並不真正覺得好過，因爲釣索勒在背上疼痛得幾乎超出了能忍痛的極限，進入了一種使他不放心的麻木狀態。不過比這更糟的事兒我也曾碰到過，他想。我一隻手僅僅割破了一點兒，另一隻手的抽筋已經好了。我的兩腿都很管用。再說，眼下在補給營養方面我也比牠佔優勢。

這時天黑了，因爲是在九月裡，太陽一落，天馬上就黑下來。他背靠著船頭上已磨損的木船舷，儘量休息個夠。第一批星星露面了。他不知道獵戶星左下方的那顆星叫做「參宿」，但是他只要看到了它，就知道其他星星不久都要露面，他又有這些遙遠的朋友來做伴了。

「這條魚也是我的朋友，」他脫口說出聲來。「我從沒見過或聽說過這樣的魚。不過我必須把牠弄死。我很高興，我們不必去弄死那些星星。」

想想看，如果人必須每天去弄死月亮，那情形會怎樣？他想。月亮會逃走的。不過想想看，如果人必須每天去弄死太陽，那又怎麼樣？我們總算生來還是幸運的，不需這麼做，他想。

於是他為這條沒東西吃的大魚感到傷心，但是要殺死牠的決心也絕對沒有由於為牠傷心而減弱。牠能供多少人吃啊，他想。可是他們配吃牠嗎？不配，當然不配。憑牠的舉止風度和牠的高貴尊嚴來看，誰也不配吃牠。

我弄不懂這些事情，他想。可是我們不必去弄死太陽或月亮或星星，這倒是好事。在海上過日子，弄死我們自己真正的兄弟，已經夠我們受的了。

現在，他想，我該考慮考慮那在水裡拖著的障礙物了。這玩意兒有它的危險，也有它的好處。如果魚使勁地拉，增加阻力的那兩把槳在原處並不鬆動，船不像從前那樣輕的話，我可能會被魚拖走好長的釣索，甚至會讓牠跑了。保持船身輕盈，會延長我們雙方的痛苦，但這是我的安全所繫，因為這魚能游得很快，這本領至今尚未使出過。不管出什麼事，我必須把這海豚開膛剖肚，免得壞掉，並且吃一點以增長力氣。

現在我要再休息一個鐘點，等我感到魚穩定了下來，才回到船梢去幹這事，並決定下一步對策。在這段時間裡，我可以看牠怎樣行動，是否有什麼變化。將那兩把槳放在那裡是個好計策；不過已經到了性命攸關的時候。這魚依舊很厲害，我見過那釣鉤掛在牠的嘴角，牠把嘴閉得緊緊的。釣鉤的折磨算不上什麼。饑餓的折磨，加上還得對付牠並不瞭解的對手，才是天大的麻煩。休息吧，老傢伙，讓牠去幹牠的事，等輪到該你幹的時候再說。

他相信自己已經休息了兩個鐘點。月亮要等到很晚才爬上來，他沒法判斷時間。實在他並沒有好好休息，只能說是多少歇了一會兒。他肩上依舊承受著魚的拉力，不過他把左手按在船頭的舷上，把對抗魚的拉力的任務越來越讓小帆船本身來承擔了。

要是能把釣索拴住，那事情會變得多簡單啊，他想。可是只消魚稍微側一下身，就能把釣索繃斷。我必須用自己的身子來緩衝這釣索的拉力，隨時準備用雙手放出釣索。

「不過你還沒睡覺呢，老頭兒，」他說出聲來。「已經熬過了半個白天和一個夜晚，現在又是一個白天，可你一直沒睡覺。你必須想個辦法，趁魚安靜穩定的時候睡上一會兒。如果你不睡覺，腦筋就會糊塗起來。」

我腦筋夠清醒的，他想。太清醒啦。我跟星星一樣清醒，它們是我的兄弟。不過我還是必須睡覺。星星睡覺，月亮和太陽都睡覺，連海洋有時候也睡覺，在那些沒有激浪、平靜無波的日子裡。

可別忘了睡覺，他想。強迫你自己睡覺，想出些簡單而穩妥的辦法來安排那些釣索。現在回到船梢去處理那條海豚吧。如果你一定要睡覺的話，把槳綁起來拖在水裡未免太危險啦。

我不睡覺也能行，他對自己說。不過這太危險啦。他用雙手雙膝爬回船梢，小心避免猛地驚動那條魚。牠也許正在半睡半醒的，他想。可是我不想讓牠休息。必須要牠拖曳著一直到死去。

回到了船梢，他轉身讓左手攥住緊勒在肩上的釣索，用右手從刀鞘中拔出刀子。星星這時很明亮，他清楚地看見那條海豚，就把刀刃紮進牠的頭部，把牠從船梢下拉出來。他用一隻腳踩在魚身上，從肛門，倏地一刀直剖到牠下頷的尖端。然後他放下刀子，用右手掏出內臟，掏個乾淨，把鰓也乾脆拉下。他覺得魚胃拿在手裡重甸甸、滑溜溜的，就把它剖開。裡面有兩條小飛魚。牠們還很新鮮、堅實，他把牠們並排放下，把內臟和魚鰓從船梢扔進水中。它們沉下去時，在水中拖出一道磷光。海豚是冰冷的，這時在星光裡顯得像痲瘋病患者般灰白，老人用右腳踩住魚頭，剝下魚身上一邊的皮。然後他把魚翻轉過來，剝掉另一邊的皮，把魚身兩邊的肉從頭到尾割下。

他把魚骨輕輕地丟到舷外，注意看它會不會在水裡打轉。但是只看到它慢慢沉下時的磷光。跟著他轉過身來，把兩條飛魚夾在那兩片魚肉中間，把刀子插進刀鞘，然後慢慢挪動身子，回到船頭。他被釣索上的分量拉得彎了腰，右手拿著魚肉。

回到船頭後，他把兩片魚肉攤在船板上，旁邊擱著飛魚。然後他把勒在肩上的釣索換一個地方，又用左手攥住了釣索，手擱在船舷上。接著他從船舷探出身去，把飛魚在水裡洗了洗，留意著水衝擊在他手上有多快。他的手因爲剝了魚皮而發出磷光，他仔細察看水流怎樣衝擊他的手。水流並不那麼有力了，當他把手的側面在小帆船船板上摩擦著的時候，星星點點的磷質漂浮開去，慢慢朝船梢漂去。

「牠越來越累了，不然就是在休息，」老人說。「現在我來把這海豚全吃了，休息一下，睡一會兒吧。」

在星光下，在越來越冷的夜色裡，他把一爿海豚肉吃了一半，還吃了一條已經挖去內臟、切掉腦袋的飛魚。

「海豚煮熟了吃味道才鮮美啊，」他說。「生吃可難吃死了。以後不帶鹽或酸橙，我絕對不出海了。」

如果我有頭腦，我就會整天不斷把海水潑在船頭上，等它乾了就會有鹽了，他想。不過話得說回來，我是直到太陽快落山時才釣到這條海豚的。但畢竟是準備工作做得不足。然而我把牠全細細咀嚼後吃下去了，倒也沒有噁心作嘔。

東方天空中佈滿了雲，他認識的星星一顆顆地不見了。他眼下彷彿正駛進一個雲彩的大峽谷，風已經停下來了。

「三四天內會有壞天氣，」他說。「但是今晚和明天還不會變天。現在來安排一下，老傢伙，睡它一會兒，趁這魚正安靜而穩定的時候。」

他把釣索緊握在右手裡，然後拿大腿抵住了右手，把全身的重量壓在船頭的木板上。跟著他把勒在肩上的釣索移下一點兒，用左手撐住了釣索。

只要釣索給撐緊著，我的右手就能握住它，他想。如果我睡著時它鬆了，朝外溜去，我的左手會把我弄醒的。這對右手是很吃重的。好在它是吃慣了苦的。哪怕我能睡上二十分鐘或者半個鐘點，也聊勝於無。他把整個身子朝前夾住釣索，把全身的重量放在右手上，於是他睡著了。

他沒有夢見獅子，卻夢見了一大群海豚，伸展八到十英里長，而這時正是牠們交配的季節，牠們會高高地跳到半空中，然後掉回到牠們跳躍時在水裡形成的水渦裡。

接著他夢見在村子裡，躺在自己的床上，那時正在刮北風，他感到很冷，他的右臂麻木了，因爲他的頭枕在它上面，而不是在枕頭上。

隨後他夢見那道綿長的黃色海灘，看見第一頭獅子在傍晚時分來到海灘上，接著其他獅子也來了，於是他把下巴擱在船頭的木板上，船拋下了錨停泊在那裡，晚風吹向海面，他等著看有沒有更多的獅子來，感到很快樂。

月亮升起有好久了，而他仍在熟睡，那魚平穩地向前拖拽著，把船拖進雲彩的峽谷。

他的右拳猛地朝他的臉撞去，釣索火辣辣地從他右手裡溜出，他驚醒過來了。他的左手失去了知覺，他就用右手拚命拉住了釣索，但它還是一個勁兒地朝外溜。他的左手終於抓住了釣索，他仰起身子奮力把釣索朝後拉，這一來它火辣辣地勒著他的背脊和左手，這時左手承受了全部的拉力，給勒得好痛。他回頭望望那些釣索卷兒，它們正在滑溜地放出釣索。就在這當兒，那魚猛地一跳，使海面大大地迸裂開來，然後沉重地掉下去。接著牠跳了一次又一次，但船還是走得飛快，然而釣索依舊飛也似地向外溜，老人把它拉緊到幾乎快繃斷的程度，他一次次把它拉緊到幾乎繃斷的程度。他被拉得緊靠在船頭上，臉龐貼在那片切下的海豚肉上，他沒法動彈。

我們等待的事兒終於發生了，他想。所以我們就來對付它吧。

讓牠爲了拖走釣索付出代價吧，他想。讓牠爲了這個付出代價吧。

他看不見魚的跳躍，只聽得見海面的迸裂聲，和魚掉下時沉重的水花飛濺聲。飛快地朝外溜的釣索把他的手勒得好痛，但是他一直知道這事遲早會發生，就設法讓釣索勒在手上有老繭的部位，不讓它滑到掌心或者勒在手指頭上。

要是那孩子在這兒，他會用水打濕這些釣索卷兒，他想。是啊。要是那孩子在這兒。要是那孩子在這兒就好了。

釣索朝外溜著，溜著，溜著，不過這時溜得越來越慢了，他正在讓魚每拖走一英寸都得付出代價。他從木船板上抬起頭來，不再貼在那爿被他臉頰壓爛的魚肉上了。然後他跪著，然後再慢慢地站起身來。他正在放出釣索，然而越來越慢了。他把身子慢慢挪到可以用腳碰到那一卷卷他看不見的釣索的地方。釣索還有很多，現在這魚不得不在水裡拖著這許多摩擦力極大的新釣索了。

是啊，他想。到這時牠已經跳了不止十二次，把沿著背脊的那些液囊裝滿了空氣，所以沒法沉到深水中，死在使我沒法把牠撈上來的地方。牠不久就會轉起圈子來，那時我一定想法對付牠。不知道牠怎麼會這麼突然驚跳起來的。想來是饑餓使牠不顧死活了，還是在夜間被什麼東西嚇著了？也許牠突然感到害怕了。不過牠是一條那樣沉著、健壯的魚，似乎是毫無畏懼而信心十足的。這可奇怪了。

「你最好自己也毫無畏懼而信心十足，老傢伙，」他說。「你又把牠拖住了，可是你沒法回收釣索。不過牠馬上就要打轉了。」

老人這時用他的左手和肩膀拽住了它，彎下身去，用右手舀水洗掉黏在臉上那些壓爛的海豚肉。他怕這肉會使他噁心，弄得他嘔吐，喪失力氣。擦乾淨了臉，他把右手在船舷外的水裡洗洗，然後讓它泡在這鹽水裡，一面注視著日出前的第一線曙光。那魚幾乎是朝正東方走的，他想。這表明牠疲乏了，正隨著潮流走。牠馬上就得打轉了。那時我們才真正開始較量啦。

等他覺得把右手在水裡泡的時間夠長了，他把它拿出水來，朝它瞧著。

「情況不壞，」他說。「疼痛對一個男子漢來說，算不上什麼。」

他小心地攥著釣索，使它不致嵌進新勒破的任何一道傷痕，把身子挪到小帆船的另一邊，這樣就能把左手伸進海裡。

「你這沒用的東西，總算幹得還不壞，」他對他的左手說。「可是曾經有一會兒，我得不到你的幫助。」

為什麼我不生下來就有兩隻好手呢？他想。也許是我自己的過錯，沒有好好兒訓練這隻手。可是天知道它曾有過夠多的學習機會。然而它今天夜裡幹得還不錯，僅僅抽了一回筋。要是它再抽筋，就讓這釣索把它勒斷吧。

他想到這裡，明白自己的頭腦不怎麼清醒了，他想起該再吃一點海豚肉。可是我不能，他對自己說。我情願頭昏目眩，也不能因噁心欲吐而喪失力氣。我知道即使吃了胃裡也擱不住，因為我的臉曾經壓在牠上面過。我要把牠留下以防萬一，直到牠腐敗為止。不過要想靠營養來增強力氣，如今已經太晚了。咦，你真蠢，他對自己說。把另外那條飛魚吃了吧。

飛魚現成地在那兒，已經洗乾淨，就可以吃了。他用左手把牠撿起來吃，細細咀嚼著魚骨，從頭到尾全都吃了。

這飛魚幾乎比什麼魚都更富有營養，他想。至少能給我所需要的那種力氣。我如今已經做到了我能做到的一切，他想。讓這魚打起轉來，就來較量吧。

自從他出海以來，這是第三次出太陽，正在此時，魚打起轉來了。

他根據釣索的斜度還看不出魚在打轉。現在爲時尚早。他僅僅感覺到釣索上的拉力微微減少了一些，就開始用右手輕輕朝裡拉。釣索像往常那樣繃緊了，可是拉到快繃斷的時分，卻漸漸可以回收了。他把釣索從肩膀和頭上卸下，動手平穩而和緩地回收釣索。他用雙手一搖一擺地拉著，儘量使出全身和雙腿的力氣來拉。他一搖一擺地拉著，兩條老邁的腿兒和肩膀跟著拉索時的擺動而晃蕩著。

「這圈子可真大，」他說。「牠可總算在打轉啦。」

過不多久，釣索再也不上來了，他緊緊拉住，竟看見水珠兒在陽光裡從釣索上迸出來。隨後釣索開始往外溜了，老人跪下來，老大不願地讓牠又漸漸回進深暗的水中。

「牠正繞到圈子的對面去了，」他說。我一定要拚命拉緊，他想。拉緊了，牠兜的圈子就會一次比一次小。也許一個鐘點內我就能見到牠。我眼下一定要穩住牠，過後再把牠弄死。

但是這魚只顧慢吞吞地打著轉，兩個小時後，老人渾身汗濕，疲乏得連骨頭也疲了。不過這時圈子已經小得多，而且根據釣索的斜度，他能看出那魚一邊游一邊在不斷地上升。

一個鐘點以來，老人一直看見眼前有些黑點子，汗水中的鹽分在晃動著他的眼睛，漬痛了眼睛上方和腦門上的傷口。他不怕那些黑點子。他這麼緊張地拉著釣索，出現黑點子是正常的現象。但是他已有兩回感到頭昏目眩，這叫他擔心。

「我不能讓自己垮下去，就這樣死在一條魚的手裡，」他說。「既然我已經叫牠這樣漂漂亮亮地冒上來了，求天主幫我熬下去吧。我要念一百遍《天主經》和一百遍《聖母經》。不過眼下還不能念。」

就當這些已經念過了吧，他想。我過後一定會念的。

就在這當兒，他覺得自己雙手攥住的釣索突然給撞擊、拉扯了一下。來勢很猛，有一種強勁的感覺，沈甸甸的。

牠正用牠的長嘴撞擊著鐵絲導線，他想。這是免不了的。牠勢必要這樣幹。然而這一來也許會使牠跳起來，但我寧願牠眼下繼續打轉。牠必須跳出水面來呼吸空氣。但是每跳一次，釣鉤劃出的傷口就會裂得大一些，最後牠就可以把釣鉤甩掉。

「別跳，魚啊，」他說。「別跳啦。」

那魚又撞擊了鐵絲導線好幾次，牠每次一甩頭，老人就放出一些釣索。

我必須使牠的疼痛局限在一起而不擴大開去，他想。我的疼痛不要緊。我能控制。但是牠的疼痛能使牠發瘋。

過了片刻，魚不再撞擊鐵絲，又慢慢地打起轉來。老人這時正不停地收進釣索。可是他又感到頭暈了。他用左手舀了些海水，灑在腦袋上。然後他再灑了點，在脖頸上揉擦著。

「我沒抽筋，」他說。「牠馬上就會冒出水來，我熬得住。你非熬下去不可。連提也別再提了吧。」

他靠著船頭跪下，一時又把釣索挎在背脊上。我眼下要趁牠朝外兜圈子的時候休息一下，等牠兜回來的時候再站起身來對付牠，他這樣下了決心。

他真想在船頭上歇一下，讓魚自顧自兜一個圈子，並不回收一點釣索。但是等到釣索鬆動了一點，表明魚已經轉身在朝小船游回來了，老人馬上就站起身來，開始那種左右轉動、交替拉曳的動作，他的釣索全是這樣收回來的。

我從沒這樣疲乏過，他想，而現在刮起貿易風來了。但是正好靠它來把這魚拖回去。我多需要這貿易風啊。

「等牠下一趟朝外兜圈子的時候，我要歇一下，」他說。「我覺得好過多了。再兜兩三圈，我就能收服牠了。」

他的草帽被推到後腦勺上去了，他感覺到那魚在轉身，隨著釣索一扯，便在船頭上一屁股坐下了。

你現在忙你的吧，魚啊，他想。你轉身時我要來收服你。

海浪大了不少。不過這是晴天吹的微風，他得靠它才能回去。

「我只消朝西南航行就成，」他說。「人在海上是決不會迷路的，何況這是個長長的島嶼。」

那魚兜到第三圈，他才再一次看見牠。

他起先看見的是一個黑忽忽的影子，那影子需要那麼長的時間從船底下經過，他簡直不相信牠竟有這麼長。

「不會的，」他說。「牠哪能這麼大啊。」

但是牠真的有這麼大，等這一圈兜到末了，牠在僅僅三十碼外冒出水來，老人看見牠的尾巴從水中翹出來，牠比一把大鐮刀的刀刃更高，呈極淡的淺紫色，豎在深藍色的海面上，朝後傾斜著。那魚在水面下游的時候，老人看得見牠龐大的身軀和周身的紫色條紋。牠的脊鰭朝下耷拉著，巨大的胸鰭大張著。

這趟魚兜圈子回來時，老人看見牠的眼睛和繞著牠游的兩條灰色鮣魚。牠們有時候吸附在牠身上。有時候倏地游開去。有時候會在牠的陰影裡自在地游著。每條都有三英尺多長，游得快時全身猛烈地甩動著，像鰻魚一般。

老人這時在流著汗，但不光是因爲正曬著太陽，還有別的原因。魚每回沉著、平靜地拐回來時，他總能回收一段釣索，所以深信等魚再兜上兩個圈子，就能有機會把魚叉扎進魚身。

可是我必須把牠拉得極近，極近，極近，他想。我千萬不能扎牠的腦袋。我該扎進牠的心臟。

「要沉著，要有力，老頭兒，」他說。

又兜了一圈，那魚的背脊露出來了，不過離小船還是太遠了一點。再兜了一圈，還是太遠，不過牠露出在水面上比較高些了，老人深信，再回收一些釣索，就能把牠拉到船邊來。

他早就把魚叉準備停當。那卷繫在叉上的細繩子已擱在一隻圓筐內，另一端緊繫在船頭的繫纜柱上。

這時魚正兜了一個圈子回來，既沉著又美麗，只有牠的大尾巴在動。老人竭盡全力把牠拉得近些。有那麼一會兒，魚的身子傾斜了一點兒。然後牠豎直了身子，又兜起圈子來。

「我把牠拉動了，」老人說。「我剛才把牠拉動了。」

他又感到頭暈，可是竭盡全力拽住了這條大魚。我把牠拉動了，他想。也許這一回我能把牠拉過來。拉呀，手啊，他想。站穩了，腿兒。爲我熬下去吧，頭啊。爲我熬下去吧。你從沒暈倒過。這一回我要把牠拉過來。

但是等他使出了渾身的力氣、趁那魚離船邊還很遠時就動手，使出全力拉著，那魚卻只靠近了一點兒，便糾正了方向游開去。

「魚啊，」老人說。「魚啊，你反正是死定了。難道你非得把我也害死不可？」

照這樣下去可不是辦法啊，他想。他嘴裡已乾得說不出話來，但他此刻不能伸手去拿水來喝。我這一回必須把牠拉到船邊來，他想。牠再多兜幾圈，我就不行了。不，你是行的，他對自己說。你永遠不會垮的。在兜下一圈時，他差一點把牠拉了過來。可是這魚又糾正了方向，慢慢地游走了。

你要把我害死啦，魚啊，老人想。不過你有權利這樣做。我從沒見過比你更龐大、更美麗、更沉著或更崇高的東西，老弟。來，把我害死吧。我不在乎誰害死誰。

你現在頭腦糊塗起來啦，他想。你必須保持頭腦清醒。保持頭腦清醒，要像個男子漢，懂得怎樣忍受痛苦。或者像一條魚那樣，他想。

「清醒過來吧，頭啊，」他用自己也簡直聽不見的聲音說。「清醒過來吧。」

魚又兜了兩圈，還是老樣子。

我弄不懂，老人想。每一回他都覺得自己快要垮下來了。我弄不懂。但我還要試一下。

他又試了一下，等他把魚拉得轉過來時，他感到自己要垮了，那魚糾正了方向，又慢慢地游開去，大尾巴在海面上搖擺著。

我還要試一下，老人對自己許願，儘管他的雙手這時已經虛弱無力，眼睛只能間歇地看得清東西。

他又試了一下，又是同樣情形。原來如此，他想，還沒動手就感到要垮下來了；我還要再試一下。

他忍住了滿腔的痛楚，拿出剩餘的力氣和喪失已久的威風，用來對付這魚的垂死掙扎，於是牠從他的身邊游過來了，在他身邊斯文地游動著，牠的嘴幾乎碰著了這小帆船的船殼，牠開始在船邊游過去，身子又長，又高，又寬，銀色底上有著紫色條紋，在水裡看來簡直長得無窮無盡。

這時老人放下釣索，一腳踩住，把魚叉舉得盡可能地高，使出全身的力氣，加上剛才鼓起的力氣，把魚叉朝下直紮進魚身的一邊，就在大胸鰭後面一點兒的地方，這胸鰭高高豎起，與老人的胸膛等高。他感到那鐵叉扎了進去，就把身子倚在上面，把它扎得更深一點，再用全身的重量把它壓下。

於是那魚鬧騰起來，儘管死到臨頭了，牠仍從水中高高跳起，把牠那驚人的長度和寬度，牠的力和美，全都展現無遺。牠彷彿懸在空中，就在小帆船中老人的頭頂上。然後，牠砰的一聲掉在水裡，浪花濺了老人一身，濺了一船。

老人感到頭暈，噁心，看不大清楚東西。然而他放鬆了魚叉上的繩子，讓它從他劃破了皮的雙手之間慢慢地溜出去，等他的眼睛可以看清楚了，他看見那魚仰天躺著，銀色的肚皮朝上。魚叉的柄從那魚肩部打斜地戳出來，海水被牠心臟裡流出的鮮血染紅了。起先，這灘血黑黝黝的，如同這一英里多深的藍色海水中一塊礁石，然後它像雲彩般地擴散開來。那魚是銀色的，一動不動地隨著波浪浮動著。

老人用他偶爾看得清的眼睛仔細望著。接著他把魚叉上的繩子在船頭的繫纜柱上繞了兩圈，然後把腦袋擱在雙手上。

「讓我的頭腦保持清醒吧，」他靠在船頭的木板上說。「我是個累慘了的老頭兒。可是我殺死了這條魚兄弟，牠是我的兄弟，現在我得去做苦工啦。」

現在我得準備好套索和繩子，把牠綁在船邊，他想。即使我這裡有兩個人，把船裝滿了水來把牠拉上船，然後把水舀掉，這條小帆船也絕對容不下牠。我得做好一切準備，然後把牠拖過來，好好綁住，豎起桅桿，張起帆駛回港去。

他動手把那魚拖到船邊，這樣可以用一根繩子穿進牠的鰓，從嘴裡拉出來，把牠的腦袋緊綁在船頭邊。我要看看牠，他想，碰碰牠，摸摸牠。牠是我的財產，他想。然而我想摸摸牠倒不是為了這個。我以為剛才碰觸過牠的心臟，他想。那是在我第二次往裡推魚叉柄的時候。現在得把牠拖過來，牢牢綁住，用一根套索拴住牠的尾巴，另一根拴住牠的腰部，把牠綁牢在這小帆船邊。

「動手幹活吧，老頭兒，」他說。他喝了很少的一點水。「戰鬥既然結束了，就有好多苦工得做啦。」

他抬頭望望天空，然後望望船外的大魚。他仔細望望太陽。晌午才過了沒多少時候，他想。而貿易風刮起來了。這些釣索現在都用不著了。回家以後，那孩子和我要把它們捻接起來。

「過來吧，魚啊，」他說。可是這魚並不靠近過來。牠反而躺在海面上翻滾著，老人只得把小帆船划到牠的身邊。

等他划到那大魚身邊，並把魚的頭靠在船頭，他簡直無法相信牠竟這麼大。但他從繫纜柱上解下魚叉柄上的繩子，穿進魚鰓，從嘴裡拉出來，在牠那利劍似的長嘴上繞了一圈，然後穿過另一個魚鰓，在劍嘴上又繞上一圈，把這雙股繩子挽了個結，緊繫在船頭的繫纜柱上。然後他割下一截繩子，走到船梢去套住魚尾巴。魚已經從原來的紫銀兩色變成了純銀色，條紋和尾巴顯出同樣的淡紫色。這些條紋比一個人張開五指的手更寬，牠的眼睛看上去冷漠得像潛望鏡中的反射鏡，又像宗教遊行隊伍中聖徒塑像的眼睛。

「要殺死牠只有用這個辦法，」老人說。他喝了水，覺得好過些了，知道自己不會垮，頭腦很清醒。看樣子牠不止一千五百磅重，他想。也許還要重得多。如果去掉了頭尾和下腳，肉有三分之二的重量，照三角錢一磅計算，該值多少錢？

「我需要有支鉛筆來算一算，」他說。「我的頭腦還沒有清醒到這個程度啊。不過我想那了不起的迪馬吉奧今天會替我感到驕傲。我沒有長骨刺。可是雙手和背脊實在痛得厲害。」不知道骨刺是什麼玩意兒，他想。也許我們都長著骨刺，自己卻不知道。

他把那魚緊繫在船頭、船梢和中央的座板上。牠真碩大，簡直像在船邊綁上了另一條大得多的帆船。他割下一段釣索，把那魚的下頷和牠的長上顎紮在一起，使牠的嘴不能張開，船就可以盡可能乾淨俐落地行駛了。然後他豎起桅桿，安上那根當魚鉤用的棍子和下桁，張起帶補丁的帆，船開始移動，他半躺在船梢，向西南方駛去。

他不需要羅盤來告訴他西南方在哪裡。他只需憑貿易風吹在身上的感覺和帆的動向就能知道。我還是放一根繫著匙形假餌的細釣絲到水裡，釣些什麼東西來吃吃，也好潤潤嘴。可是他找不到匙形假餌，他的沙丁魚也都腐臭了。所以他趁著船經過那片黃色的馬尾藻時用魚鉤鉤上了一簇，把它抖了抖，使裡面的小蝦掉在小帆船的船板上。小蝦有一打以上，牠們蹦跳、甩腳，像沙蚤一般。老人用大拇指和食指掐去牠們的頭，連殼帶尾巴嚼著吃下。牠們很小，可是他知道牠們富有營養，而且味道也好。

老人瓶中還有兩口水，他吃了蝦以後，喝了半口。考慮到船旁邊綁著那大魚所造成的累贅，這小帆船行駛得可算不錯，他便把舵柄夾在胳肢窩裡，掌著舵。他看得見那條魚，他只消看看自己的雙手，感覺到背脊靠在船梢上，就能知道這是確實發生的事情，不是一場夢。當初，眼看快要告吹，他一時感到非常難受，以為這也許是一場夢。等他後來看到那魚躍出水面，在落下前一動不動地懸在半空中的情景，他確信此中準有什麼莫大的奧秘，使他無法相信。當時他眼睛看不大清楚，儘管現在又像往常那樣看得很清楚了。

現在他知道這魚就在這裡，他的雙手和背脊都不是夢中的虛構。這雙手很快就會痊癒的，他想。我讓它們把血都快流光了，但鹹水會把它們治好的。這真正灣流中的海水是世上最佳的治療劑。我只消保持頭腦清醒就行。這兩隻手已經盡了自己的本分，而我們航行得很好。魚閉著嘴，尾巴直上直下地豎著，我們像親兄弟一樣航行著。接著他的頭腦有點兒不清楚了，他竟然想道，是牠在帶我回家，還是我在帶牠回家呢？如果我把牠拖在船後，那就毫無疑問了。如果這魚丟盡了面子，給放倒在這小帆船上，那麼也不會有什麼疑問。可眼下牠和船是並排地拴在一起航行的，所以老人想，只要牠高興，讓牠把我帶回家去也無妨。我不過靠了詭計才比牠強的，而牠對我並無惡意。

魚和船航行得很好，老人把手浸在鹹水裡，努力保持頭腦清醒。積雲堆聚得很高，上空還有相當多的卷雲，因此老人看出這風將刮上整整一夜。老人時常對那魚望望，好確定真有這麼回事。這時離第一條鯊魚來襲擊牠的時候還有一個鐘頭。

這條鯊魚的出現不是偶然的。當那一大片暗紅的魚血朝一英里深的海裡下沉並擴散的時候，牠就從水底深處上來了。牠躥上來得那麼快，全然不顧一切，竟然衝破了藍色的水面，來到了陽光裡。牠隨即掉回海裡，嗅到了血腥氣的蹤跡，就頂著那小帆船和魚所走的路線游來。

有時候牠失去了這氣味的線索。但牠總會重新嗅到，或者只嗅到那麼一點兒，就飛快地使勁跟上。那是條很大的灰鯖鯊，生就一副好體格，能游得跟海裡最快的魚一般快，周身的一切都很美，除了牠的上下顎。牠的背部和劍魚的背一般藍，肚子是銀色的，魚皮光滑而漂亮。牠長得和劍魚一樣，除了那張正緊閉著的大嘴。牠眼下就在水面下迅速地游著，高聳的脊鰭像刀子般地劃破水面，一點也不抖動。在牠緊閉著上下顎的雙唇裡面，八排牙齒全都長得朝裡傾斜。它們和大多數鯊魚的牙齒不同，不是一般的金字塔形的。它們像爪子般蜷曲起來的人手指。它們幾乎跟這老人的手指一般長，兩邊都有刀片般鋒利的刃口。這種魚天生就拿海裡所有的魚當食料，牠們游得那麼快，那麼壯健，武器齊備，簡直所向無敵。牠聞到了這新鮮的血腥氣，此刻正加快了速度，藍色的脊鰭劃破了水面。

老人看見牠在游來，看出這是條毫無畏懼而堅決爲所欲爲的鯊魚。他準備好了魚叉，繫緊了繩子，一面注視著鯊魚向前游來。繩子比平時短，缺了他割下用來綁魚的那一截。

老人此刻頭腦清醒正常，充滿了決心，但並不抱著多少希望。運氣太好了，不可能持久的，他想。他注視著鯊魚在逼近，抽空朝那條大魚望上一眼。這簡直等於是一場夢，他想。我沒法阻止牠來襲擊我，但是也許我能弄死牠。利齒鯊，他想。叫你媽交上噩運吧。

鯊魚飛速逼近船梢，牠襲擊那魚的時候，老人看見牠張開了嘴，看見牠那雙奇異的眼睛，牠朝前咬住魚尾巴上面一點兒地方的魚肉，牙齒嘎吱嘎吱地響。鯊魚的頭露出在水面上，背部正在出水，老人聽見那條大魚的皮肉被撕裂的聲音，這時他用魚叉朝下猛地扎進鯊魚的腦袋，正扎在牠兩眼之間那條線和從鼻子筆直通到腦後那條線的交叉點上。這兩條線實際是並不存在的。只有那沉重、尖銳的藍色腦袋，兩隻大眼睛和那嘎吱作響、伸向前去吞噬一切的兩顎。但那兒正是腦子的所在，老人便直朝它扎去。他使出全身的力氣，用糊著鮮血的雙手，把一支好魚叉向牠扎去。他奮力扎牠，並不抱著希望，但是帶著堅決的意志和滿腔的敵意。

鯊魚翻了個身，老人看出牠眼睛裡已經沒有生氣了，跟著牠又翻了個身，自行纏上了兩道繩子。老人知道這鯊魚快死了，但牠還是不肯認輸。牠這時肚皮朝上，尾巴撲打著，兩顎嘎吱作響，像一條快艇般地劃破水面。海水被牠的尾巴拍打起一片白色浪花，牠四分之三的身體露出在水面上，這時繩子給繃緊了，抖了一下，啪地斷了。鯊魚在水面上靜靜地躺了片刻，老人緊盯著牠。然後牠慢慢地沉下去了。

「牠咬去了約莫四十磅肉，」老人脫口說出聲來。牠把我的魚叉也帶走了，還有整條繩子，他想，而且現在我這條魚又在淌血，其他鯊魚恐怕也會來的。

他不忍心再朝這死魚看上一眼，因爲牠已經被咬得殘缺不全了。那魚挨到鯊魚襲擊的時候，他感到就像自己挨到襲擊一樣。

可是我已經殺死了這條襲擊我那魚的鯊魚，他想。而牠是我見到過最大的利齒鯊。天知道，我真見過好一些大的。

好景不常，不可能持久的，他想。但願這是一場夢，我根本沒有釣上這條魚，正獨自躺在床上鋪的舊報紙上。

「然而人不是爲失敗而生的，」他說。「一個人可以被毀滅，但不能給打敗。」然而我很痛心，把這魚給殺了，他想。現在倒楣的時刻要來了，可我連魚叉也沒有。這條利齒鯊是殘忍、能幹、強壯而聰明的。但是我比牠更聰明。也許未必，他想。也許我僅僅是武器比牠強。

「別想啦，老傢伙，」他說出聲來。「順著這航線行駛，事到臨頭再對付吧。」

但是我一定要用腦筋，他想。因爲我只剩下這件事可幹了。這件事，還有棒球賽可想。不知道那了不起的迪馬吉奧可會喜歡我那樣擊中牠的腦子？這不是什麼了不起的事兒，他想。任何人都做得到。但是，你是否同意我這雙受傷的手跟骨刺一樣是個很大的不利條件？我沒法知道。我的腳後跟從沒出過毛病，除了有一次在游水時踩著了一條海鰩魚，被扎了一下，小腿麻痹了，痛得真受不了。

「想點開心的事兒吧，老傢伙，」他說。「每過一分鐘，你就離家近一步。丟了四十磅魚肉，你航行起來更輕快了。」

他很清楚，等他駛進了海流的中部，會發生什麼事。可是眼下一點辦法也沒有。

「不，有辦法，」他說出聲來。「我可以把刀子綁在一支槳的把子上。」

於是他用胳肢窩夾著舵柄，一隻腳踩住了帆腳索，就這樣進行了。

「行了，」他說。「我仍舊是個老頭兒。不過我不是沒有武器的了。」

這時風刮得強勁些了，他順利地航行著。他只顧盯著那大魚的上半身，恢復了一點兒希望。

不抱希望才蠢哪，他想。再說，我認爲不抱希望是一樁罪過。別想罪過了，他想。麻煩已經夠多了，還想什麼罪過。何況我根本不懂這個。

我根本不懂這個，也說不定我是不是相信這個。也許殺死這條魚就是一宗罪過。我看該是罪過，儘管我是爲了養活自己並且給許多人吃用才這樣幹的。不過話又說回來，什麼事都是罪過啊。且別想罪過了。現在想它也實在太遲了，而且有些人是拿了錢專門處理犯罪的事。讓他們去考慮吧。你天生是個漁夫，正如那大魚天生就是一條魚一樣。新約聖經中耶穌的門徒彼得就是個漁夫，跟那了不起的迪馬吉奧的父親一樣。

但是他總喜歡去想一切他給捲在裡頭的事，而且因爲沒有書報可看，並且沒有收音機，他就想得很多，尤其一直想著罪過。你不光是爲了養活自己、把魚賣了買食品才殺死牠的，他想。你殺死牠是爲了自尊心，因爲你是個漁夫。牠活著的時候你愛牠，牠死了你還是愛牠。如果你愛牠，殺死牠就不是罪過。要不然的話，難道是更大的罪過？

「你想得太多了，老傢伙，」他說出聲來。

但是你很樂意殺死那條利齒鯊，他想。牠跟你一樣，靠吃活魚維持生命。牠不是食腐動物，也不像有些鯊魚那樣，只知道游來游去滿足食欲。牠是美麗而崇高的，見什麼都不怕。

「我殺死牠是爲了自衛，」老人說出聲來。「而且殺得很俐落。」

況且，他又想道：其實每樣東西都殺死別的東西，只不過方式不同罷了。捕魚養活了我，同樣也快把我害死了。是男孩子使我活得下去，他想。我總不能過分自欺吧。

他把身子探出船舷，從那大魚身上被鯊魚咬過的地方撕下一塊肉。他咀嚼著，覺得肉質很好，味道鮮美。又堅實又多汁，像牲口的肉，不過不是紅色的，一點筋也沒有。他知道在市場上能賣最高的價錢。可是沒有辦法讓牠的氣味不散佈到水裡去，老人知道糟糕透頂的時刻就快來到。

風持續地吹著，稍微轉向東北方，他明白這表明它不會停息。老人朝前方望去，看不見一絲帆影，也看不見任何一隻船的船身或冒出的煙。只有從他船頭下躍起的飛魚，向兩邊逃去，還有一灘灘黃色的馬尾藻。他連一隻鳥也看不見。

他已經航行了兩個鐘頭，在船梢歇著，有時候從大馬林魚身上撕下一點肉來嚼，努力休息，保持精力，這時他看到了兩條鯊魚中首先露面的那一條。

「Ay，」他說出聲來。這個詞兒是沒法翻譯的，也許不過是一記響聲，就像一個人覺得釘子穿過他的雙手、釘進木頭時不由自主地發出的聲音。

「鏟鼻鯊，」他脫口而出。他看見另一片鰭在第一片的背後冒出水來，根據這褐色的三角形鰭和甩來甩去的尾巴，認出牠們正是鏟鼻鯊。牠們嗅到了血腥味，激動起來，因為餓昏了頭，激動得一會兒迷失了嗅跡，一會兒又嗅到了。可是牠們始終在逼近。

老人繫緊帆腳索，卡住了舵柄。然後他拿起上面綁著刀子的木槳。他儘量輕巧地把它舉起來，因為他的雙手痛得不聽使喚了。隨後他把手張開，再輕輕捏住了槳，讓雙手鬆弛下來。他緊緊地把手合攏，讓它們忍受著痛楚而不致縮回去，一面注視著鯊魚在游過來。他這時看得見牠們那又寬又扁的鏟子形的頭，和尖端呈白色的寬闊的胸鰭。牠們是惡毒的鯊魚，氣味難聞，既殺害其他的魚，也吃腐爛的死魚，饑餓的時候，牠們會咬船上的槳或者舵。正是這些鯊魚，會趁海龜在水面上睡覺的時候咬掉牠們的腳和鰭狀肢，如果碰到饑餓的時候，也會在水裡襲擊人，即使這人身上並沒有魚血或黏液的腥味。

「Ay，」老人說。「鏟鼻鯊。來吧，鏟鼻鯊。」

牠們來啦。但是牠們來的方式和那條灰鯖鯊不同。其中一條鯊魚轉了個身，鑽到小帆船底下不見了，等牠用嘴拉扯死魚時，老人覺得這小帆船在晃動。另一條用牠那一條縫似的黃眼睛注視著老人，然後飛快地游來，半圓形的上下顎大大地張開著，朝大魚身上被咬過的地方咬去。牠褐色的頭頂以及腦子跟脊髓相連處的背脊上有道清清楚楚的紋路。老人把綁在槳上的刀子朝那交叉點扎進去，拔出來，再扎進這鯊魚的黃色貓眼。鯊魚放開了咬住的魚，身子逕朝下溜，臨死時還把咬下的肉吞了下去。

另一條鯊魚正在咬齧那條大魚，弄得小帆船還在搖晃，老人就放鬆了帆腳索，讓小帆船橫過來，使鯊魚從船底下暴露出來。他一看見鯊魚，就從船舷上探出身子，一槳朝牠戳去。他只戳在肉上，但鯊魚的皮緊繃著，刀子幾乎戳不進去。這一戳不僅震痛了他那雙手，也震痛了他的肩膀。接著鯊魚迅速地浮上來，露出了腦袋，老人趁牠的鼻子伸出水面挨上那條魚的時候，對準牠扁平的腦袋正中扎去。老人拔出刀刃，朝同一地方又扎了那鯊魚一下。牠依舊緊鎖著上下顎，咬住了那大魚不放，老人一刀戳進牠的左眼。但鯊魚還是吊在那裡。

「還不夠嗎？」老人說著，把刀刃戳進牠的脊骨和腦子之間。這時扎起來已很容易，他感到牠的軟骨折斷了。老人把槳倒過來，把槳片插進鯊魚的兩顎之間，想把牠的嘴撬開。他把槳片一扭，鯊魚鬆了嘴溜開了，他說，「去吧，鏟鼻鯊。溜到一英里深的水裡去吧。去找你的朋友，也許那是你的媽媽吧。」

老人擦了擦刀刃，把槳放下。然後他摸到了帆腳索，張起帆來，把小帆船順著原來的航線駛去。

「牠們一定把這魚吃掉了四分之一，而且都是上好的肉，」他說出聲來。「但願這是一場夢，我壓根兒沒有釣上牠。我爲這事感到抱歉，魚啊。這把一切都搞糟啦。」他頓住了，此刻不想朝那大魚望了。牠流盡了血，被海水沖刷著，看上去像鏡子背面鍍的銀色，身上的條紋依舊看得出來。

「我原不該出海這麼遠的，魚啊，」他說。「對你對我都不好。我感到抱歉，魚啊。」

得了，他對自己說。留意看看那綁刀子的繩子，看看有沒有斷。然後把你的手弄好，因爲還有鯊魚要來。

「但願有塊石頭可以磨磨刀，」老人檢查了綁在槳把子上的刀子後說。「我原該帶一塊磨石來的。」你該帶來的東西多著哪，他想。但是你沒帶來，老傢伙啊。眼下可不是想你缺乏什麼東西的時候。想想你用手頭現有的東西能做什麼事兒吧。

「你給了我多少忠告啊，」他說出聲來。「可我聽得厭死啦。」他把舵柄夾在胳肢窩裡，把雙手都浸在水裡，小帆船朝前駛去。

「天知道最後那條鯊魚咬掉了多少魚肉，」他說。「這船現在可輕多了。」他不願去想那魚殘缺不全的肚子。他知道鯊魚每次猛地撞上去，總要撕去一點肉，還知道大魚此刻給所有的鯊魚留下了一道嗅跡，寬得像條公路，施施然穿過海面。

這真是條大魚，可以供養一個人整整一冬，他想。別想這個啦。還是休息休息，把你的雙手弄弄好，保衛這剩下的魚肉吧。水裡的血腥氣這樣濃，我手上的血腥氣就算不上什麼了。再說，這雙手出的血也不多。給割破的地方都算不上什麼。出了血也許能使我的左手不再抽筋。

我現在還有什麼事可想？他想。什麼也沒有。我必須什麼也不想，等待下一條鯊魚來。但願這真是一場夢，他想。不過誰說得準呢？也許結果會是圓滿的。

接著來的鯊魚是條落單的鏟鼻鯊。看牠的來勢，就像一頭豬直奔飼料槽，如果說豬能有這麼大的嘴，大到你可以把腦袋伸進去的話。老人讓牠咬住了那魚，然後把槳上綁著的刀子扎進牠的腦子。但是鯊魚朝後猛地一扭，打了個滾，刀刃啪地一聲斷了。

老人坐定下來掌舵。他根本不去看那條大鯊魚在水裡慢慢地下沉的情景，牠起先是原來那麼大，然後漸漸小了，然後只剩一丁點兒了。這種情景總叫老人看得入迷。可是這會他看也不看一眼。

「我現在還有那根魚鉤，」他說。「不過它沒什麼用處。我還有兩把槳和那個舵把和那根短棍。」

牠們如今可把我打垮了，他想。我太老了，不能用棍子打死鯊魚了。但是只要我有槳和短棍和舵把，我還要拚一拚。

他又把雙手浸在水裡泡著。下午漸漸過去，快近傍晚了，他除了海洋和天空，什麼也看不見。空中的風比剛才大了，他指望不久就能看到陸地。

「你累壞了，老傢伙，」他說。「你裡裡外外都累壞了。」

直到快日落的時候，鯊魚才再來襲擊牠。

老人看見兩片褐色的鰭，正順著那魚必然在水裡留下的很寬的嗅跡游來。牠們竟然不用到處來回搜索這嗅跡。牠們逕自並排而游，筆直地朝小帆船撲來。

他扭緊了舵把，繫緊了帆腳索，伸手到船梢下去拿棍子。這原是個槳把，是從一支斷槳上鋸下的，大約兩英尺半長。因爲它上面有個把手，他只能用一隻手有效地使用，於是便彎起了右手，好好攥住了它，同時望著鯊魚游過來。兩條都是鏟鼻鯊。

我必須讓第一條咬住了那魚，才出手打牠的鼻尖，或者直朝牠頭頂正中打去，他想。

兩條鯊魚一齊緊逼過來，他一看到離他較近的那條張開嘴咬進那魚的銀色脅腹，就高高舉起棍子，重重打下去，砰的一聲打在鯊魚寬闊的頭頂上。棍子落下去，他覺得好像打在堅韌的橡膠上，但也感覺到堅硬的骨頭。就趁鯊魚從那魚身上朝下溜的當兒，再重重地朝牠鼻尖上打了一下。

另一條鯊魚剛才竄來後就游走了，這時又張大了嘴撲過來。牠一頭撞在那大魚身上，閉上兩顎，老人看見一塊塊白色的魚肉從牠嘴角漏出來。他當即掄起棍子朝牠打去，只打中了頭部，鯊魚朝他看看，把咬在嘴裡的肉一口撕下。老人趁牠溜開去把肉嚥下時，又掄起棍子朝牠打下，可是只打中了那厚實堅韌的橡膠般的地方。

「來吧，鏟鼻鯊，」老人說。「再過來吧。」

鯊魚衝上前來，老人趁牠合上兩顎時給了牠一下。這次結結實實地打中了牠，是把棍子舉得儘量高才打下去的。這一回他感到打中了腦子後部的骨頭，於是朝同一部位又是一下，鯊魚呆滯地撕下嘴裡咬著的魚肉，從大魚身邊溜下水去。

老人守望著，等牠再來，可是兩條鯊魚都沒露面。接著他看見其中的一條在海面上繞著圈兒游弋。他沒有看見另外一條的鰭。

我沒法指望打死牠們了，他想。我年輕力壯時可以做到。不過我已經把牠們倆都打得受了重傷，牠們哪一條都不會覺得好過。要是能用雙手掄起一根棒球棒，我準能把第一條打死。即使現在也能行，他想。

他不願朝那條魚看。他知道牠的半個身子已經被咬掉了。他剛才跟鯊魚搏鬥的時候，太陽已經落下去了。

「天馬上就要全黑了，」他說。「那時我將會看見哈瓦那的燈火。如果我往東走得太遠了，那我會看見一片新闢的海灘上的燈光。」

我現在離陸地不會太遠，他想。我希望沒人爲此過份地擔心。當然啦，只有那男孩會擔心。但我相信他對我一定會有信心。好多老漁夫也會擔心的。還有不少別的人，他想。我住在一個好村鎮裡啊。

他不能再跟這魚說話了，因爲牠被糟蹋得太厲害了。接著他頭腦裡想起了一件事。

「半條魚，」他說。「你原來是條完整的。很抱歉我出海太遠了。我把你我都毀了。不過我們殺死了不少鯊魚，你跟我一起，還打垮了好多條。你殺死過多少啊，好魚？你頭上長著那隻尖長嘴，可不是白長的啊。」

他喜歡設想這條魚，設想牠要是在自由地游著，會怎樣去對付一條鯊魚。我應該砍下牠這長嘴，拿來跟那些鯊魚鬥，他想。但是沒有斧頭，後來又弄丟了那把刀子。

不過，如果我把它砍下了，就能把它綁在槳把上，這該是多好的武器啊。這樣，我們就能一起跟鯊魚鬥鬥啦。要是牠們夜裡來，你該怎麼辦？你又有什麼辦法？

「跟牠們鬥，」他說。「我要跟牠們鬥到死爲止。」

但是，在眼下的黑暗裡，天際沒有反光，也沒有燈火，只有風在刮著，穩定地拉曳著船帆。寂靜中，他感到說不定自己已經死了。他合上雙手，感覺到掌心貼在一起。這雙手沒有死，他只消把它們開合一下，就能感到生之痛楚。他把背脊靠在船梢上，知道自己沒有死。這是他的肩膀告訴他的。

我許過願，如果逮住了這條魚，要唸那麼許多遍祈禱文，他想。不過我現在太累了，還沒法唸。我還是把麻袋拿來披在肩上。

他躺在船梢掌著舵，注視著天空，等著出現反光。我還有半條魚，他想。也許我運氣好，能把這前半條帶回去。我總該多少有點運氣吧。不，他說。你出海太遠了，把好運給沖掉啦。

「別胡說八道了，」他說出聲來。「還是保持清醒，掌好舵。你也許還有很大的好運呢。」

「要是有什麼地方在賣好運，我倒想買一些，」他說。

我能拿什麼來買呢？他問自己。能用一支弄丟了的魚叉、一把折斷的刀子和兩隻受了傷的手來買嗎？

「也許能，」他說。「你曾想拿在海上的八十四天來買它。人家也幾乎把它賣給了你。」

我不能胡思亂想，他想。好運這玩意兒，往往以許多不同的形式出現，誰認得準啊？可是不管什麼形式的好運，我都要一點兒，要多少報酬就給多少。但願我能看到燈火的反光，他想。我想要的東西太多了。但眼下只有這一個願望。他竭力坐得舒服些，好好掌舵，因爲感到疼痛，知道自己沒有死。

約莫在夜間十點左右，他看見了城市的燈火映在天際的反光。起初只能依稀看出，就像月亮升起前天上的微光。然後一步步地看清楚了，就在此刻正被越來越大的風刮得波濤洶湧的海洋另一邊。他駛進這反光的圈子，於是他想，要不了多久就能觸及灣流的邊緣了。

現在一切可都過去了，他想。但牠們也許還會再來襲擊我。不過，一個人在黑夜裡，沒有武器，怎麼能對付牠們呢？他這時身子僵硬、疼痛，在夜晚的寒氣裡，他的傷口和身上所有用力過度的地方都在作痛。我希望不必再鬥了，他想。我多麼希望不必再鬥了。

但是快到午夜時分，他又挺身搏鬥了，而這一回他其實明白搏鬥也是徒勞。牠們是成群襲來的，朝那大魚直撲，他只看見牠們的鰭在水面上劃出的一道道線形，還有牠們身上的磷光。他朝牠們的頭打去，聽到上下顎啪地咬住的聲音，還有牠們在船底下咬住了那魚使這小帆船搖晃的聲音。他看不清目標，只能感覺到，聽到，就不顧死活地揮棍打去，他感覺到有什麼東西攫住了棍子，棍子就此丟了。

他把木舵從船上猛地扭下，用它又打又砍，雙手攥住了一次次朝下戳去。可是牠們此刻都在前面船頭邊，一條接一條地躥上來，成群結隊地一起來，咬下一塊塊魚肉，當牠們轉身再來時，這些魚肉在水面下發亮。

最後，有條鯊魚朝魚頭撲來，他知道這下子完了。他把舵把朝鯊魚的腦袋掄去，打在牠咬住那厚實魚頭的兩顎上，那兒的肉咬不下來。他掄了一次，兩次，又一次。他聽見舵把啪地斷了，就把斷下的舵把向鯊魚扎去。他感覺到它扎了進去，知道它很尖利，就把它再往裡扎。鯊魚鬆了嘴，一翻身就走了。這是來襲的這群鯊魚中最末的一條。牠們再也沒有什麼可吃的了。

老人這時簡直累壞了，同時覺得嘴裡有股怪味兒。這味兒帶著銅腥氣，甜滋滋的，他一時害怕起來。但是這味兒並不太濃。

他朝海裡啐了一口說，「把牠吃了，你們這些鏟鼻鯊。做個夢吧，夢見你們殺死了一個人。」

他知道他如今終於給打敗了，沒法補救了，就回到船梢，發現那舵把的鋸齒形斷頭還可以安在舵的狹槽裡，讓他用來掌舵。他把麻袋在肩頭圍圍好，使小帆船順著航線駛去。這時航行得很輕鬆，他什麼念頭都沒有，什麼感覺也沒有。他此刻超脫了這一切，只顧盡可能出色而明智地把小帆船駛回他家鄉的港口。夜裡有些鯊魚來咬這死魚的殘骸，就像人從飯桌上撿麵包屑吃一樣。老人不去理睬牠們，除了掌舵以外他什麼都不理睬。他只留意到船舷邊沒有什麼沉重的東西，小帆船這時駛起來多麼輕鬆，多麼順暢。

船還是好好的，他想。它是完好的，沒受一點兒損傷，除了那個舵把。那是容易更換的。

他感覺到已經在灣流中行駛，看得見沿岸那些海濱住宅區的燈光了。他知道此刻到了什麼地方，回家是不在話下了。不管怎麼樣，風總是我們的朋友，他想。然後他加上一句：有時候是。還有那大海，海裡有我們的朋友，也有我們的敵人。還有床，他想。床是我的朋友。正是床，他想。床將是一樣了不起的東西。你給打敗了，倒感到舒坦了，他想。我從來不知道竟會這麼舒坦。那麼是什麼把你打敗的，他想。「什麼也不是，」他說出聲來。「只怪我出海太遠了。」

等他駛進小港，陽台飯店的燈光全熄滅了，他知道人們都上床了。海風一步步加強，此刻刮得很猛了。然而港灣裡靜悄悄的，他直駛到岩石下一小片卵石灘前。沒人來幫他的忙，他只好跨出船來，獨力把它儘量拖上岸灘，緊繫在一塊岩石上。

他拔下桅桿，把帆捲起，繫住。然後他扛起桅桿往岸上爬。這時他才明白自己疲乏到了什麼地步。他站住了一會兒，回頭一望，看見那魚的大尾巴在街燈的反光中直豎在小船的船梢後邊。他看清牠赤露的脊骨像一條白線，看清那帶著突出長嘴的黑糊糊的腦袋，而在這頭尾之間卻什麼也沒有了。

他再往上爬，到了頂上，一跤摔倒在地，躺了一會兒，桅桿還是橫挎在肩上。他想法爬起身來。可是太困難了，他就肩上挎著桅桿坐在那兒，望著大路。一隻貓從路對面走過，去幹牠自己的事，老人注視著牠。然後他只顧望著大路。

臨了，他放下桅桿，站起身來。他再舉起桅桿，扛在肩上，順著大路走去。他不得不坐下歇了五次，才走到他的窩棚。

進了窩棚，他把桅桿靠在牆上。他摸黑找到一隻水瓶，喝了一口水。隨即他在床上躺下。他拉起毯子，蓋住兩肩，然後裹住了背部和雙腿，臉朝下躺在報紙上，兩臂伸得筆直，手掌向上。

早上，那男孩朝門內張望時，他正熟睡著。風刮得正猛，那些漂網漁船不會出海了，男孩便睡了個懶覺，後來跟每天早上一樣，到老人的窩棚來。那男孩看見老人在喘氣，跟著看見老人的那雙手，就哭起來了。他悄沒聲息地走出去，去拿點咖啡，一路上邊走邊哭。

許多漁夫圍著那條小帆船，看著綁在船旁的東西，有一名漁夫捲起了褲腿站在水裡，用一根釣索在量那死魚的殘骸。

那男孩並不走下岸去。他剛才已去過了，有個漁夫正在替他看管這條小帆船。

「他怎麼啦？」一名漁夫大聲叫道。

「在睡覺，」男孩喊著說。他不在乎人家看見他在哭。「誰都別去打擾他。」

「牠從鼻子到尾巴有十八英尺長，」那量魚的漁夫叫道。

「我相信，」男孩說。

他走進陽台飯店，去要一罐咖啡。

「要燙的，多加些牛奶和糖在裡頭。」

「還要什麼？」

「不要了。過後我會弄清楚他想吃些什麼。」

「多大的魚呀，」飯店老闆說。「從來沒有過這樣大的魚。你昨天捉到的那兩條也滿不錯。」

「我的魚，見鬼去吧，」男孩說，又哭起來了。

「你想喝點什麼嗎？」老闆問。

「不要，」男孩說。「叫他們別去打擾聖地牙哥。我就回來。」

「告訴他說我很掛念他。」

「謝謝，」男孩說。

男孩拿著那罐熱咖啡直走到老人的窩棚，在他身邊坐下，等他醒來。有一回眼看他快醒過來了。可是他又沉睡過去，男孩就跨過大路去借些木柴來把咖啡再熱一熱。

老人終於醒了。

「別坐起來，」男孩說。「把這個喝了。」他倒了些咖啡在一隻玻璃杯裡。

老人把它接過去喝了。

「牠們把我打敗了，馬諾林，」他說。「牠們確實把我打敗了。」

「牠沒有把你打敗。那條魚可沒有打敗你。」

「對。真是這樣。那是後來的事。」

「佩德里科在看守小帆船和打魚的漁具。你打算把那魚頭怎麼處理？」

「讓佩德里科把它剁碎了，放在捕魚柵裡使用吧。」

「那張長嘴呢？」

「你要就把它留下。」

「我要，」男孩說。「現在我們得來商量一下別的事情。」

「人家來找過我嗎？」

「當然啦。派出了海岸警衛隊和飛機。」

「海洋非常大，小帆船很小，不容易看見，」老人說。他感到真愉快，可以對一個人說話，不再只是自言自語，對著海說話了。「我很想念你，」他說。「你們捉到了什麼？」

「頭一天一條。第二天一條，第三天兩條。」

「好極了。」

「現在我們又可以一起打魚了。」

「不。我運氣不好。我再不會交好運了。」

「去它的好運，」男孩說。「我會帶來好運的。」

「你家裡人會怎麼說呢？」

「我不在乎。我昨天逮住了兩條。不過我們現在要一起打魚，因爲我還有好多事要學。」

「我們得弄一支能扎死魚的好長矛，經常放在船上。你可以用一輛舊福特汽車上的一片鋼板做矛頭。我們可以拿到瓜納瓦科亞的鐵廠去磨。該把它磨得很鋒利，不用淬火，不然會斷裂的。我的刀子斷掉了。」

「我再去弄把刀子來，把鋼板也磨好。這大風要刮多少天？」

「也許三天。也許還不止。」

「我要把什麼都安排好，」男孩說。「你把你的手養好，老爹。」

「我知道該怎樣保養的。夜裡，我吐出了一些奇怪的東西，感到胸膛裡有什麼東西碎了。」

「把這個也養養好，」男孩說。「躺下吧，老爹，我去給你拿乾淨襯衫來。還帶點吃的來。」

「把我出海時的報紙隨便帶一份來，」老人說。

「你得趕快好起來，因爲我還有好多事要學，你可以把什麼都教給我。你吃過多少苦？」

「一言難盡啊，」老人說。

「我去把吃的東西和報紙拿來，」男孩說。「好好休息，老爹。我到藥房去給你的手弄點藥來。」

「別忘了跟佩德里科說那魚頭給他了。」

「不會。我記得。」

男孩出了門，順著那磨損的珊瑚石路走去，他放聲大哭起來。

那天下午，陽台飯店來了一群旅客，有個女人朝下面的海水望去，看見在一些空啤酒罐和死梭子魚之間有條又粗又長的白色脊骨，一端有條巨大的尾巴，當東風在港外不斷地掀起大浪的時候，這尾巴隨著潮水起落、搖擺。

「那是什麼？」她問一名侍者，指著那條大魚的長長的脊骨，它如今不過是垃圾了，只等潮水來把它帶走。

「搏鬥，」侍者說，「鯊魚。」他想解釋這事情的經過。

「我不知道鯊魚有這樣漂亮的、形狀這樣美觀的尾巴。」

「我也不知道，」她的男伴說。

在大路另一頭的窩棚裡，老人又睡著了。他依舊臉朝下躺著，男孩坐在他身邊，守著他。

老人正夢見獅子。

奇力馬扎羅的雪

奇力馬扎羅是一座終年積雪的高山，海拔有一萬九千七百一十英尺。據說，它是非洲最高的山。西高峰被當地的馬塞伊人稱作「鄂阿奇—鄂阿伊」，即上帝的廟殿，在西高峰的旁邊，有一具已經凍僵而且風乾了的豹子屍體。沒有人說得清，豹子爬到這樣高的地方來尋找什麼。

「奇怪的是，傷口一點都不痛，」他說，「你知道，從開始就不痛。」

「真的嗎？」

「千真萬確。可是非常抱歉，這股氣味一定讓你受不了。」

「別這麼說！千萬不要這麼說。」

「你看那些鳥，」他說，「究竟是這裡的景色，還是我這股氣味把牠們引來的？」

頭頂是一棵含羞草樹的濃蔭，男人躺在一張帆布床上，他透過樹蔭向那片陽光眩目的平原望去，那裡有三隻大鳥疲憊地蜷伏在地上，樣子令人生厭，天空中還有十幾隻在展翅翱翔，當牠們從附近掠過時，投下了飛速移動的影子。

「從卡車拋錨那天起，牠們就在那兒了，」他說，「牠們今天是第一次落到地面上來。剛開始我還很認真地觀察過牠們飛翔的姿勢，心想以後如果我要寫一篇短篇小說的話，也許會用得到。現在回想，真覺得可笑。」

「我希望你別寫牠們。」她說。

「我只是這麼說說而已，」他說，「我只要嘴裡說著話，就會感覺舒服一些。但願我沒有讓你心煩。」

「你知道這不會讓我心煩，」她說，「我是因爲什麼事都不能做，才被弄得這麼焦躁不安的。在飛機到來以前，咱們不妨盡量放輕鬆一點兒。」

「或者一直等到飛機根本不可能來的時候。」

「那麼請你告訴我能做些什麼？我總該做些什麼吧。」

「你能替我把這條傷腿鋸下來嗎，這樣它就可以停止感染了，不過，我懷疑你恐怕做不到。或許你可以把我打死。你現在是個好射手啦。我不是教過你打槍嗎？」

「千萬別這麼說，我讀點什麼書給你聽好嗎？」

「讀什麼呢？」

「咱們書包裡的書，不論哪本，只要沒有讀過的都行。」

「我聽不進去，」他說，「只有聊天是最輕鬆的了。咱們來吵嘴吧，吵吵嘴時間就過得快了。」

「不，我一直就不喜歡吵嘴，咱們也不要吵嘴啦，不管咱們心裡有多煩躁，都別吵架。說不定他們今天就會乘另外一輛卡車回來的，或者會派飛機來尋找我們。」

「我實在不想動了，」男人說，「現在轉移已經沒有什麼意義了。只能使你感到輕鬆些而已。」

「這是懦弱的表現。」

「你難道就不能讓一個男人死得舒服點兒，非得痛罵他一頓不可嗎？這樣對你有什麼好處呢？」

「你不會死的。」

「別傻啦，我現在就快死了。不信你問問那些討厭的東西。」他朝那三隻大鳥蹲伏的地方望去，只見牠們光禿禿的頭縮在聳起的羽毛裡。又有一隻鳥從天空中飛速落到地上，牠在地上奔跑了一會，接著，蹣跚地緩步向那三隻大鳥走去。

「每個營地附近都有這種鳥，只是你從來沒有注意罷了。只要你不自暴自棄，你就不會死。」

「你這是從那兒讀到的？你這個小傻瓜。」

「你也該為別人想想嘛。」

「看在上帝的份上，」他說，「我時刻都在為別人著想哩。」

他靜靜地躺了一會兒，目光越過那片灼熱眩目的平原，眺望那灌木叢。有幾隻又小又白的野羊在倘佯，遠處還有一群斑馬，在黃色的平原上映襯著蔥綠的灌木叢。這是一個舒適宜人的營地，大樹遮蔭，背倚青山，水質良好。附近有一個幾乎已經乾涸的水穴，每當清晨時分，沙雞就在那兒飛來飛去。

「你真不要我給你讀點什麼書嗎？」她問道。她坐在帆布床邊的一張帆布椅上。「一陣清風來了。」

「不用，謝謝。」

「也許卡車會來的。」

「我根本不在乎卡車會不會來。」

「可是我在乎。」

「你在乎的東西多著呢，可是我一點也不在乎。」

「並不是很多，哈利。」

「喝點酒怎麼樣？」

「喝酒對你是有害的。布萊克的書裡說，一滴酒都不能喝。你不該喝酒了。」

「莫洛！」他叫道。

「是，先生。」

「拿威士忌蘇打來。」

「是，先生。」

「你不該喝酒，」她說，「我說你自暴自棄，就是這個意思。書上說喝酒對你有害處。我也知道喝酒對你有害。」

「不，」他說，「喝酒對我有好處。」

現在一切都完了，他想。以後不會再有機會來結束這一切了。一切就在爲喝杯酒這種小事的爭吵中結束了。自從他的右腿受傷並且開始生壞疽以來，他就不覺得疼痛了。而隨著疼痛感的消失，恐懼感也逐漸消失了，他現在只有一種強烈的厭惡和憤怒；沒想到結局竟是如此。面對現在正在臨近的結局，他一點好奇心都沒有。許多年來，這個念頭就一直縈繞在他心頭，但是現在它本身卻沒有任何意義。真奇怪，只要你厭倦透了，結束就能變得這樣輕鬆。

他現在再也不能把原來計劃留到以後寫作的題材先寫出來了，他本打算等到自己對這些題材有了足夠的理解之後再動筆。唔，他再也不會在寫這些東西的時候遭遇失敗了。你也許永遠不可能把這些東西寫出來了，這就是你一再拖延，遲遲沒有動筆的原因。好了，現在他永遠不會知道是否確實如此了。

「我真希望咱們根本就沒來過這兒，」女人說，她咬著嘴唇，望著他手裡端著的酒杯。「要是在巴黎，你絕不會出這樣的事。你一直說你喜歡巴黎。咱們本來可以待在巴黎或去任何別的地方都可以。天涯海角我都願意陪你去。我說過，你想上哪兒我就去哪兒。如果你想打獵，咱們本來可以上匈牙利打，而且會比這舒服得多。」

「你有的是勞什子的錢。」他說。

「這麼說是不公平的，」她說，「我們何必還要劃分彼此。我撇下了一切，你想去哪裡我就去哪裡，你想幹什麼我就幹什麼。不過，我真希望咱們壓根兒沒來過這兒。」

「可你說過你喜歡這兒。」

「我的確說過，可是那時你平安無事嘛。現在我憎恨這裡。我不明白老天爲何讓你的腿遭殃。我們到底做了什麼，竟會遇上這種倒楣事。」

「我想我做的事情就是，起初我的腿劃破的時候忘了塗碘酒，隨後因爲自己從來不會感染而沒有把傷口當一回事。再後來，傷口惡化時，其他抗菌藥又都用完了，可能就因爲用了藥性很弱的石炭酸溶液，導致微血管麻痺了，於是就開始生壞疽了。」他望著她：「除此以外還有什麼呢？」

「我指的不是這個。」

「要是咱們雇了一個高明的技工，而不是那個半吊子的吉庫尤人司機，他可能就會去檢查機油，那就絕不會把卡車的軸承燒毀啦。」

「我也不是指這個。」

「要是你沒有離開你自己那幫人——那該死的威斯伯里、薩拉托加和棕櫚灘的老相識——偏偏挑中了我——」

「因爲我愛上你。你這麼說是不公平的。我現在也愛你。我永遠愛你。你愛我嗎？」

「不，」男人說，「我想我並不愛你。我從來也沒有愛你過。」

「哈利，你在說些什麼？難道你的頭發昏了。」

「沒有，我已經沒有頭可以發昏了。」

「你不要再喝酒啦，」她說，「親愛的，求求你別再喝啦。只要能辦到，我們就要全力以赴。」

「你去赴吧，」他說，「我可已經累了。」

這會兒，在他的腦海裡，他看見了卡拉加奇的一座火車站，他背著背包站在那裡，一列東方快車的前燈劃破了黑暗，當時在軍隊撤退以後他正準備離開色雷斯。這是他打算留著將來寫的一段情景。接下來還有一段情節：清晨吃早餐的時候，望著窗外保加利亞群山的積雪，著名探險家南森的女秘書對那個老頭兒說，山上有雪。老頭兒望著窗外說，不，那不是雪，現在還不到下雪的時候。於是那個女秘書把老頭兒的話又講給其他幾個女郎聽，不，你們看，那不是雪，她們也都說，那不是雪，咱們都看錯了。可是那年冬天等他提出交換人口，把她們送往山裡去的時候，山上明明是大雪覆蓋，而她們深一腳淺一腳地踩著前進的正是積雪，一直走到死去。

那年在高厄塔耳山的那個聖誕節，雪也下了整整一個星期。當時他們住在伐木工人的屋子裡，正方形的大瓷灶占了半間屋子，他們睡在裝著山毛櫸樹葉的墊子上休憩，這時一個逃兵跑了進來，兩隻腳在雪地裡凍得直流鮮血，他說憲兵就在後面緊緊追趕他，於是他們給他穿上了羊毛襪子，並且拉著憲兵閑扯，直到雪花遮沒了逃兵的足跡。

聖誕節那天，在希倫茲，雪是那麼璀璨閃耀，如果你從酒吧間望出去，就會把你的眼睛刺痛，並且你會看見每個人都從教堂往自己的家裡走去。他們背著滑雪板，從那兒沿著被松林覆蓋的、陡峭群山旁的那條河流，走上給雪橇磨得光溜溜的河濱大道。那次大滑雪，他們就是從那兒一直滑到「梅德納爾之家」上面那道冰川的大斜坡，那裡的雪看來平滑得像蛋糕上的糖霜，輕柔得像纖細的粉末。他記得那次悄無聲息的急速滑行，快得像飛鳥從高空墮落。

那次，他們在「梅德納爾之家」被大雪封了一個星期。在那期間，他們只好圍著燈光，在瀰漫著煙霧的房間裡玩牌，倫特先生輸得越多，賭注也跟著下得越大。最後他輸得精光。他可以看到倫特先生的長鼻子，他拿起了牌，接著把牌翻開說：「不看。」

那時簡直一天到晚賭博。不管下雪與否。他回憶起他這一生消磨在賭博裡的時間。

可是關於那件事情，他連一個字都沒有寫。還有那個凜冽而明朗的聖誕節，平原那邊群山起伏，當天巴克爾駕機穿越防線去轟炸那列運送奧地利軍官去休假的火車，當軍官們四散逃跑時，他就用機槍掃射他們。他記得後來巴克爾走進食堂，和大家談起這件事。大家聽他講完後，都默默不語，緊接著有個人開口說：「你這血腥的劊子手。」

而他們殺死的那些奧地利人，就是前不久跟他一起滑雪的奧地利人，不，不是那些人。漢斯，那年跟他整個一年都在一起滑雪的奧地利人，一直服役於高山部隊，他們一起到那家鋸木廠上面那個小山谷去獵兔時，還談起過那次在帕蘇比奧的戰鬥和向波蒂卡和阿薩洛納的進攻，這些，他也連一個字都沒有寫。關於孟特科爾諾，西特科蒙姆，阿爾西陀，他也是一個字都沒有寫。

他在福拉爾貝格和阿爾貝格住過了幾個冬天？是四個冬天。於是他想起了那個賣狐狸的人，當時他們到布盧登茨去買禮物，他記起甘醇的櫻桃酒特有的櫻桃核味兒，想起在那結了冰的像粉一般的雪地上快速滑行，一邊唱著「嗨！呵！羅利說！」一邊滑過最後一段坡道，筆直的向那險峻的陡坡飛衝而下，接著轉了三個彎，滑到果園，從果園出來又越過那道溝渠，爬上客店後面那條光滑的大路。然後解開了縛帶，踢開滑雪板，把它們靠在客店外面的木牆上，窗裡的燈光照射著牆角，屋子裡，煙霧繚繞，在冒著新酩酒香的溫暖中，有人正在拉著手風琴。

「在巴黎時咱們住在哪兒？」他問女人，女人正坐在他身邊一把帆布椅裡，現在，他們是在非洲。

「在克里昂。這你是知道的。」

「爲什麼我就應該知道是那兒？」

「我們一直住在那兒。」

「不，並不是一直住在那兒。」

「我們在那兒住過，在聖日爾曼區的亨利四世大樓也住過。你說過你愛那個地方。」

「愛是一堆糞便，」哈利說，「而我就是一隻爬在糞堆上咯咯叫的公雞。」

「如果你一定要離開人間，」她說，「難道你非得把你沒辦法帶走的都趕盡殺絕嗎？我是說，你是不是非得把一切都帶走不可？你是不是一定要殺了你的馬，殺了你老婆，燒了你的馬鞍和盔甲？」

「沒錯，」他說，「你那些該死的錢，就是我的盔甲——就是我的馬和我的盔甲。」

「你不要這麼說。」

「好吧，我不說了。其實我不想傷害你。」

「現在才這麼說，已經有點兒晚啦。」

「那好吧，我就繼續傷害你。這樣就有趣多啦。我真正喜歡跟你一起幹的唯一那件事，現在我卻幹不了了。」

「不，這絕不是實話。你喜歡幹的事情多得很，而且只要是你喜歡幹的，我也都幹過。」

「噢，看在上帝的份上，請你不要那麼吹噓啦，好嗎？」

他望著她，看見她哭了。

「你聽我說，」他說，「你以為我這麼說有趣嗎？我不知道我為什麼要這樣傷害你。我想，這是試圖以毀滅一切換取自己活下去。咱們剛開始談話的時候，我還好好的。我並沒有意思要這樣，可是現在我瘋狂得像頭蠢驢似的，而且對你狠心到了極點。親愛的，你不要在意我的胡言亂語。我愛你，真的。我對你的愛你是知道的。我從來沒有像愛你這樣愛過別的女人。」他說順了嘴，平時用來謀生糊口的那套習慣性謊話脫口而出。

「你對我其實挺好。」

「你這個賤貨，」他說，「你這個有錢的賤貨。這是詩。現在我滿肚子都是詩，爛與詩，爛詩。」

「不要說了，哈利，爲什麼你現在一定要變得像個惡魔呢？」

「我不願意留下任何東西，」男人說，「我不希望有什麼東西在我死後留下來。」

傍晚時分，他睡著了。夕陽已落在山後。整個平原上籠罩著一片陰影，一些小動物正在營地附近覓食。牠們的小腦袋有節奏地一起一落，尾巴一甩一甩的，醒後的他看著牠們從灌木叢那邊跑掉了。空地上，那幾隻大鳥不再等候。牠們在一棵樹上棲息著，顯得沉甸甸的。還有很多大鳥也在樹上。他那個隨從男僕正站在床邊。

「太太打獵去了，」男僕說，「先生需要點什麼嗎？」

「什麼都不要。」

她去打獵了，想弄一點獸肉，她知道他喜歡看打獵，所以有意跑得遠遠的，以免讓他看到她在打獵，驚擾到他在這一小片平原上休息的時光。她從來都是那麼善體人意，他想。只要是她知道的或是讀到過的，或是她聽人講過的，她都會考慮得很周到。

當他與她交往時，他已經一無是處。這不是她的錯。女人怎麼可能知道你說的話都不是真心的呢？她們怎麼能知道你說的話，只不過是出於習慣性的信口開河，只是爲了貪圖一時的方便呢？自從他對自己說的話不再當真了以後，他與女人交往時就謊話連篇，卻反而比他過去對她們說真心話更加得心應手。

他撒謊並不全是因爲他沒有真話可講。他曾經享有過自己的人生，但那樣的人生已經結束了；於是他又跟一些不同的人，而且是更有錢的人，在從前那些他認爲最美好的地方，以及另外一些新的地方，過著新的生活。

你什麼都不去想，這可真是了不起。你生就這樣一副硬心腸，所以你沒有像那些人一樣垮下去，他們大多數人都垮下來了，而你卻沒有垮掉；你抱定一種態度，既然現在你不能再那樣幹了，你就毫不關心你以前常幹的工作了。可是，在你心裡，你說你要寫這些人物，寫這些非常有錢的人物，你說你其實並不屬於他們這一類，而只是他們那個國度裡的一個奸細；你說你會離開這個國度，並且寫這個國度，而且是頭一回由一個瞭解這個國度的人來寫它。可是他永遠都不會寫了，因爲每天什麼都不寫，貪圖享樂，扮演自己所鄙視的角色，已經磨鈍了他的才能，鬆懈了他工作的意志，最後他乾脆什麼都不幹了。他不工作了，那些他認識的有錢人都覺得愜意得多。他一生美好時光中感到最幸福的地方是在非洲，他之所以到這兒來，其實是想要重新開始。他們這次是以最低的舒適水準來非洲從事狩獵旅行。雖不算艱苦，但也絕不奢華，他曾以爲這樣自己就能重新振作。這樣也許就能把他的心靈洗淨。

她起初喜歡這次狩獵旅行，她說過她愛這次狩獵旅行。她喜歡一切讓人心情激動的事情，喜歡變換生活環境，喜歡認識新的人，看到新鮮的事物。在這次行程中，他也曾經有過工作的意志力已重新恢復的幻覺。因此，若是現在就是他人生的結局，而他深知事實就是這樣，他又何必變得像一條蛇，由於脊背被打斷了就啃咬自己。這不是她的錯。如果沒有她，也會有別的什麼女人。如果他以謊言爲生，他就應該嘗試在謊言中死去。想到這裡，他聽到山那邊傳來一聲槍響。

她的槍法非常好，這個善良而富有的女人，對於他的才華而言，既是仁慈的守護者，又是破壞者。胡說八道，是他自己把自己的才華毀掉了。他爲什麼要責怪這個女人，難道就因爲她悉心地供養他？他雖然有才華，卻因荒廢不用，背逆了自己，也背叛了自己所信仰的一切，又因酗酒過度而磨鈍了敏銳的感覺，還因懶散、怠惰、勢利、傲慢和偏見，以及因爲其他種種緣故，他把自己的才華給毀掉了。他這算是什麼？一張舊書目錄卡？究竟什麼是他的才華呢？就算是才華吧，可是他沒有充分地利用它，而是把它用來做交易罷了。他從來不曾用他的才華做出些什麼有意義的事情，而經常是用它來決定他能做些什麼。他決心不靠鋼筆或鉛筆來謀生，而是靠其他的什麼東西來謀生。說來奇怪，不是嗎？爲什麼每當他愛上另一個女人的時候，這個女人總是要比前一個女人更富有？可是當他不再真心戀愛的時候，當他只有謊言的時候，就像這個女人吧，她反而比他所有愛過的女人都更有錢。她有很多錢，她有過丈夫和孩子，她找過情人，可是她對那些情人並不滿意，她傾心地愛他，把他當做一位作家，一個男人，一個伴侶，當做一份引以爲傲的財產來愛他——說也奇怪，當他一點兒也不愛她，而且對她撒謊的時候，爲了報答她爲他花費的錢，他所給予她的，竟然比他過去真心戀愛的時候還要多。

一切都是註定的，他想。無論你是靠什麼爲生的，這就是你的才華所在。他是靠出賣旺盛活力爲生的人，無論是以哪種形式出賣。而當你並沒有投入什麼感情的時候，你便會把金錢看得越重。他發現了這一點，然而他肯定不會寫這些了，現在也不會寫了。不，他不會寫了，儘管這很值得一寫。

此刻她進入了視野，正穿過那片空地向營地這邊走過來。她穿著馬褲，手裡持著她的來福槍，兩個男僕扛著一隻野羊跟在她後面。她是一個風韻猶存的女人，他想，她的身段也楚楚動人，她對床笫之樂天份過人，頗有悟性，她並不漂亮，但是他喜歡她的臉龐，她讀過大量的書，她喜歡騎馬和打搶，當然，她酒喝得太多。她在年輕的時候，丈夫就死了，她一度把整個身心都放在兩個剛長大的孩子身上，孩子們卻並不需要她，她在他們身邊，他們就感到不自在，她便開始專心養馬，讀書和喝酒。她總是喜歡在黃昏時分晚飯之前看些書，邊閱讀邊喝威士忌蘇打。到吃晚飯的時候，她就已經喝得醉醺醺的了，要是在晚飯時再喝上一瓶葡萄酒，就更會使她醉得可以昏昏入睡了。

這些都是她在有情人之前的情況。在有了那些情人以後，她就不再喝太多的酒了，因爲她沒有必要急著喝醉酒而入睡了。可是情人雖多卻使她感到厭煩。她的丈夫當初從沒有使她厭煩過，而這些情人卻都使她感到厭煩極了。

後來，她的一個孩子在一次飛機失事中死去了，經過這個事情之後，她就不再想找情人了，酒也不再是麻醉劑了，她覺得必須建立另一種新的生活。突然間，她非常害怕一個人孤身獨處。她開始找伴侶，但是她希望是跟一個她所尊敬的人生活在一起。

事情發生得非常簡單。她喜歡他寫的東西，她一直在嚮往他過的那種生活。她認爲他正是那種隨心所欲過自己生活的人。她爲了得到他而採取的種種手段，以及她最後愛上了他的那種方式，都是一個常規過程的組成部份，在這個過程中，她給自己建立起一個新生活，而他則在出售他既往生活的殘餘。

他出售他既往生活的殘餘，是爲了換取安逸享樂，除此之外，還能爲了什麼呢？他不知道。他想要什麼，她就會給他買什麼。這個他是知道的。不僅如此，她還是一個非常好的女人。他和對其他美女一樣，願意馬上和她同床共枕；特別是她，因爲她更富有、更有風趣、更有鑑賞力，而且她從不大吵大鬧。可是現在她重新建立的這個生活方式即將結束，因爲在兩個星期以前，一根荊棘刺破了他的膝蓋，而他又沒有及時給傷口塗上碘酒。當時他們正接近一群羚羊，想拍下牠們的照片，這群羚羊站在那裡，揚起頭窺視他們，一面用鼻子嗅著空氣，一面耳朵向兩邊張開著，一旦聽到響動就會撒腿奔入叢林。他還沒來得及拍下羚羊的照片，膝蓋一痛，牠們就已經跑掉了。

現在她走過來了。

他在帆布床上轉過頭來看著她，「你好。」他說。

「我打了一隻野羊，」她對他說，「可以用來給你做一碗好湯，我會讓他們添上一些奶粉拌馬鈴薯。你現在覺得怎麼樣？」

「好多啦。」

「太棒了，不是嗎？你知道，我就想過也許你會覺得舒服些的。因爲我離開的時候，你睡熟了。」

「我睡了一個好覺，你走得很遠嗎？」

「沒有多遠，就在山後面。我一槍打中了這隻野羊。」

「你是神射手，你知道。」

「我喜歡打獵。我已經愛上非洲了。說真的，如果你平安無事，這可是我玩得最開心的一次了。你不知道我跟你一起射獵是多麼有趣。我已經愛上這個地方了。」

「我也愛上這個地方了。」

「親愛的，你不知道看到你剛才那個樣子，我有多難受。你不要再那樣跟我說話了，好嗎？你答應我嗎？」

「不會了，」他說，「我都記不起我剛才說了些什麼了。」

「你沒必要把我給毀掉，是嗎？我不過是個愛你的中年女人，你要幹什麼，我都願意陪你幹。我已經被毀了兩三次啦。你不會想再毀掉我一次吧，是不是？」

「我倒是想在床上再把你毀掉幾次。」他說。

「啊。那可是令人愉快的毀滅。咱們就是命中註定要這樣毀滅的。明天飛機就會來啦。」

「你怎麼知道明天會來？」

「我有把握，飛機一定會來的。僕人已經把木柴都準備好了，還準備了生濃煙的野草。今天我又下去看了一次。那兒足夠讓飛機著陸的，咱們準備在空地兩頭燃起兩堆濃煙。」

「你憑什麼認爲飛機明天會來呢？」

「我有把握飛機一定會來。其實也早該來了。到了城裡，他們就會把你的腿治好，然後我們就可以搞點兒愉快的毀滅，而不是那種令人討厭的談話。」

「我們不如喝點酒好嗎？太陽快落山了。」

「你覺得你能喝嗎？」

「我想喝一杯。」

「那咱們就一起喝一杯吧。莫洛，去拿兩杯威士忌蘇打來！」她叫道。

「你最好穿上防蚊靴。」他告訴她。

「我洗過澡後再穿……」

他們喝酒的時候，天色漸漸暗下來，在這暮色蒼茫、光線不足，沒有辦法瞄準打獵的時刻，一隻鬣狗穿過那片空地往山那邊跑去了。

「那個雜種每天晚上都從那兒跑過，」男人說，「兩個星期以來，每晚都是這樣。」

「牠每天晚上發出那種聲音來。雖然這是討厭的東西，但是我並不在乎。」

他們一起喝著酒，現在沒有痛感，只是因爲一直躺著不能翻身而感到不舒服；兩個僕人生起了一堆篝火，火苗在帳篷上跳躍著，他感到自己對這種放浪形骸的愉快生活所懷持的那種默認心情，現在又油然而生了。她確實對他很好。今天下午他對她太狠心了，也太不公平了。她是個好女人，確實是個了不起的好女人。可是就在這時，他卻忽然想起他快要死了。

這個念頭像一種驟然而來的衝擊；不是流水或者疾風那樣的衝擊，而是一股帶有惡魔氣味的空虛感驀地裡襲來，令人奇怪的是，那隻鬣狗卻沿著這股惡魔氣味的空虛感邊緣偷偷地溜了過來。

「怎麼啦，哈利？」她問他。

「沒什麼，」他說，「你最好挪到那一邊去坐。坐到上風的那一邊去。」

「莫洛給你換藥了嗎？」

「換過了，我剛敷上硼酸膏。」

「你感覺怎麼樣？」

「有點發抖。」

「我要進去洗澡了，」她說，「我馬上就會回來的。我跟你一起吃晚飯，然後再把帆布床抬進去。」

那麼，咱們結束吵嘴，是對的。他自言自語地說。他跟這個女人一直都沒有大吵大鬧過，而他跟他愛上過的那些女人卻曾爭吵得很厲害，最後由於吵嘴的腐蝕作用，總是毀了他們共同培養的感情。他愛得太深，要求得也太多，就這樣把一切感情全部都損耗殆盡了。

他想起那次他單身一個人在君士坦丁堡的情景，從巴黎出走之前，他吵了一場。那些日子他每晚都在外面找妓女睡覺，而事後他仍然無法排遣內心的寂寞，相反地，更加感到難以忍受的寂寞，於是他給她——他的第一個情婦，那個已離他而去的女人寫了一封信，告訴她，他無論如何都割不斷對她的思戀……

他想起有一次在君悅飯店外面以爲看到她，爲了追上她，他跑得暈頭轉向，心裡直想吐；他也曾在林蔭大道跟蹤一個外表有點像她的女人，卻就是不願意看清楚那不是她，生怕就此失去了她在他心裡引起的感情。他跟很多女人睡過，可是她們每個人卻只能使他更加想念她。他已一點都不介意她做了什麼，因爲他知道自己割捨不下對她的愛戀。他在夜總會裡冷靜而清醒地寫了這封信，寄到紐約去，哀求她把回信寄來他在巴黎的事務所。這樣似乎比較穩妥些。

那天晚上他想念她，覺得心裡空蕩蕩的直噁心，他在街頭遊蕩，經過塔克辛姆酒店時遇到了一個女郎，他帶她一起去吃了晚飯。後來他帶她去一個跳舞的地方，可是她的舞跳得很蹩腳，於是他甩掉了她，又搞搭了一個風騷的亞美尼亞女郎，她把肚子緊貼著他的身子擺動，擦得他肚子都差點燙壞了。他跟一個少尉軍階的英國炮兵吵了一架，就把她從炮兵手裡帶走了。那個炮兵少尉把他叫到外面去，於是他們在暗夜大街的圓石地面上打了起來。

他朝他的下巴狠狠地揍了兩拳，但他並沒有倒下去，這一下他知道躲不過這場廝打了。那個炮兵先打中了他的身子，接著又把他的眼角打傷。他則再一次揮動左手，擊中了那個炮手，炮手向他撲過來，抓住了他的上衣，把他的袖子扯下來，他朝對方的耳朵後面狠狠揍了兩拳，接著在他把他推開的時候，又用右手把他擊倒在地。炮兵倒下的時候，頭先著地，於是他馬上帶著女郎跑掉了，因爲他們聽見憲兵正在趕來。他們乘上一輛出租汽車，沿著博斯普魯斯海峽駛向雷米利希薩，轉了一圈，在凜冽的寒夜回到城裡來睡覺。她給人的感覺就像她的外貌一樣過份成熟，但是她的皮膚柔滑如脂，像玫瑰花瓣，又像糖漿似的，肚子光滑，胸脯高聳，做愛時根本不需要在她的臀部下墊個枕頭；事後她還沒有醒來時，他就離開了她。在第一線曙光照射下，她的容貌顯得粗俗醜陋，他帶著一隻打得發青的眼圈來到彼拉宮，手裡提著那件上衣，因爲一隻袖子已經掉了。

就在那天晚上，他離開君士坦丁堡動身到安納托利亞去，後來他回憶起那次旅行，每天都在種著罌粟花的田野裡穿行，那裡的人們種植罌粟花提煉鴉片，這使他感到很新奇。一時他覺得無論往哪個方向走彷佛都不對勁似的，最後終於走到了大戰之時他們曾經跟那些剛從君士坦丁堡來的軍官一起發動進攻的地方。那些軍官什麼也不懂，大炮竟都打到自己部隊裡去了，那個英國觀察員爲此像個小孩子似的哭泣著。

就是在那天，他第一次看見了死人，穿著白色的芭蕾舞裙子和向上翹有絨球的鞋子。土耳其人像波濤般地不斷湧來，他看見那些穿著裙子的男人在拚命奔跑著，軍官們朝他們開槍，接著軍官們自己也逃跑了，他跟那個英國觀察員也跑了，跑得他肺都痛了，嘴裡面都是一股銅腥味，他們躲在岩石後面停下來休息，土耳其人還在波濤般地湧來。後來他看到了他從來都無法想像到的事情，後來他還看到只要提起他就受不了的一些事情。

因此，當他回到巴黎時，他對這些事全部緘默不言。有一次他路過咖啡館的時候，那位美國詩人，一大堆碟子堆放在他的面前，馬鈴薯般的臉上露出一副愚蠢的表情，正在跟一個名叫屈萊斯坦．采拉的羅馬尼亞人講達達運動。那屈萊斯坦．采拉總是戴著單邊眼鏡，經常犯頭痛病。接著，當他回到公寓跟他妻子在一起的時候，他又愛他的妻子了，吵架已是過去的事情，氣惱也沒有了，他很高興自己又回到家裡，事務所則把他的信件送到他的公寓。這樣，一天早晨，那封答覆他的回信放在一隻盤子裡送了進來，當他看到信封上的筆跡時渾身發冷，正打算把那封信塞在另一封信下面。可是他妻子卻說：「親愛的，那封信是誰寄來的？」於是那剛開場的和解就這樣結束了。

他想起他和所有這些女人在一起時的恩愛纏綿和吵吵鬧鬧。她們總是選在最妙的場合跟他吵架。為什麼她們總是在他心情最愉快的時候跟他吵架呢？對於這些，他一點也沒有寫過，因爲最初是他絕不想傷害她們中任何一個人的感情，後來看起來好像即使不寫這些，要寫的東西也已經夠多了。但是他始終認爲最後他還是會寫的。要寫的東西太多了。他親眼看見這世界的變化，不單單是那些事件而已。雖然他也曾看見過許多事件，觀察過人們身處其間的表現，但他看見了更微妙的變化，而且把人們在不同的時刻如何表現記得清清楚楚。他自己就曾經置身於這種變化之中，他觀察過這種變化，把這種變化寫出來，正是他的責任，然而現在他再也不會去寫了。

「你覺得怎麼樣啦？」她說。現在她洗完澡從帳篷裡出來了。

「還好。」

「現在吃晚飯好嗎？」他看見莫洛在她後面拿著折疊桌，另一個僕人拿著菜盤子。

「我要寫東西，」他說。

「你應該喝點肉湯恢復一下體力。」

「今晚我就要死了，」他說，「我用不著恢復什麼體力啦。」

「請你別那麼誇張，哈利。」她說。

「你爲什麼不用你的鼻子聞一聞？我的大腿都已經爛了大半截啦。我爲什麼還要一勺一勺去喝肉湯？莫洛，拿威士忌蘇打來。」

「請你還是喝碗肉湯吧。」她溫柔地說。

「好吧。」

肉湯太熱。他只好倒在杯子裡，等涼到可以喝了，他一口氣就把肉湯喝了下去。

「你是一個好女人，」他說，「可是你不用再關心我了。」

她仰起她那張在《激勵》和《城市與鄉村》雜誌上婦孺皆知，人見人愛的臉龐望著他，那張臉因爲酗酒狂飲和貪戀床第之樂而略顯憔悴，可是《城市與鄉村》從來沒有展示過她那美麗的胸部，她那有用的玉腿，她那輕柔愛撫的纖巧小手，當他望著她那著名的動人微笑之時，他感到死神又要來臨了。這回不是衝擊。它是一股氣息，像是一陣使燭光搖曳，使火焰騰起的微風。

「等一下他們可以把我的蚊帳拿出來掛在樹上，生一堆篝火。今天晚上我不想搬到帳篷裡去睡了，也不值得搬來搬去了，今晚是一個晴朗的夜晚，不會下雨。」

那麼，你就這樣死去，在你聽不見的悄聲低語中死去嗎？也好，這樣就再也不會爭吵了。這一點他可以保證。對於這個他從來不會有過的經驗，他現在不會去破壞它了。或許他也可能會破壞。你已經把一切都毀啦，他想。但是也許他不會再破壞這僅有的安寧。

「你會聽寫嗎？」

「我沒有學過。」她對他說。

「那就算了。」

沒有時間了，當然，儘管好像經過了壓縮處理，假如你能處理得恰到好處，也許只需用一段文字就可以把那一切都寫進去。

在位於湖畔的一座山上，有一幢圓木構築的房子。房子的縫隙都用灰泥嵌成白色，門邊的柱子上掛著一隻鈴鐺，這是通知人們進去吃飯用的。房子後邊是一片田野，田野後面是一座森林，一排倫巴底白楊樹從房子一直延伸到碼頭。另一排白楊樹沿著這一帶通向山裡。森林的邊緣有一條通向山巒的小路，他以前在這條小路上採過黑莓。後來，那所圓木房子燒坍了，在壁爐上面的鹿腳架上掛著的獵槍都燒毀了，槍筒和槍托與融化在彈夾裡的鉛彈也都一同燒壞了，擱在那一大堆灰燼上，那堆灰燼原是給那隻做肥皂的大鐵鍋熬鹼水用的。你問祖父能不能拿這些獵槍去玩，祖父說，不行。你知道，那些獵槍依然是祖父的，他從此也再沒買過別的獵槍了。他也不再去打獵了。現在那個地方用木料重新蓋起的那幢房子，漆成了白色，從門廊上你可以看見白楊樹和那邊的湖光山色，只是再也沒有獵槍了。從前掛在圓木房子牆壁鹿腳上的獵槍筒，一直在那堆灰燼上放著，再也沒有人去碰過。

戰爭結束後，我們在黑森林地區租了一條釣鮭魚的小溪，要到那兒去，有兩條路可以走。一條是從特里貝格走下山谷，然後繞過與白色小路交界的那條林蔭山道，然後拐上另一條山間小道，穿山越嶺，經過許多矗立著高大的黑森林風格房子的小農場，一直走到小道和小溪交叉的地方。我們就是在這個地方開始釣魚。

另一條路是沿著陡峭山徑爬上森林邊緣，然後翻過山巔，穿過松林，走出松林來到一片草地邊沿，再下山越過這片草地到那座橋邊。小溪邊是一行行白樺樹，小溪並不寬闊，水面狹窄，水波清澈，水流湍急，在樺樹根邊沖出一個個小水潭。

在特里貝格的客店裡，這一季節生意很興隆。這是使我們大家非常快活的事，我們都是親密的朋友。不料第二年通貨膨脹，店主人前一年賺的錢還不夠買進經營客店的必需物品，於是他便上吊自殺了。

你可以口述這些往事，然而卻沒有辦法講述那城堡的護牆廣場是如何引人入勝：那裡的賣花人在大街上給他們的花卉染色，整個路面都淌滿了顏料；公共汽車從那兒出發；老人和女人們總是被葡萄酒和用果渣釀製的劣質白蘭地灌得醉醺醺的；小孩子們在凜冽寒風中淌著鼻涕；那些汗臭和貧窮的氣味，「業餘者」咖啡館裡的醉態，還有住在「風笛」舞廳樓上的妓女們。

那個看門的女人在她的小屋裡款待那個共和國自衛隊員，一張椅子上放著共和國自衛隊員的那頂插著馬鬃的帽子。門廳對面還有家住戶，她的丈夫是個自行車賽手，那天早晨她在牛奶房打開《機動車報》，看到他在第一次參加盛大的巴黎杯城比賽中名列第三時，她是那麼的高興。她漲紅了臉，大聲笑了出來，接著跑到樓上，手裡緊緊地攢著那張淡黃色的體育報，放聲痛哭起來。他——哈利，有一天凌晨要搭飛機遠行，經營「風笛」舞廳那個女人的丈夫駕了一輛出租汽車來叫他起身，啓程前他們兩個人在酒吧間的桌邊喝了一杯白葡萄酒。那時，他熟悉那個地區的居民，因爲大家都是窮人。

在護牆廣場周遭住著兩種人：酒鬼和運動員。酒鬼是藉酒消愁，忘卻貧困，運動員卻在鍛練中忘記貧困。他們是巴黎公社的後裔，因此，對於他們來說，很容易理解他們先輩的政治行爲。他們知道是誰打死了他們的父老兄弟和親戚朋友，當凡爾賽的軍隊進入巴黎，繼公社組織之後占領了這座城市時，每一個人，只要是他們摸到手上是有繭的，或者戴著便帽的，或者帶有任何其他標誌說明他是一個勞動者的，都就地格殺勿論。就是在那段貧困交加的日子裡，就是在這樣一個曾經滄桑的地區，街對面是一家賣馬肉的店鋪和一家釀酒合作社，他開始了他的寫作生涯。巴黎再沒有他這樣熱愛的地區了，那蔓生的樹木，那白色的灰泥牆，下面塗成棕色的老房子，那在圓形廣場上的長長的綠色公共汽車。那路面上淌著的用來染花的紫色顏料，那從山上向塞納河急轉直下的萊蒙納紅衣主教大街，還有那條別具風情的莫菲塔德路。那條通向萬神殿的大街和另一條他經常騎著自行車經過的大道，兩邊全是高聳而狹小的房子，還有那家屋頂高聳的廉價客店，詩人保羅・梵爾倫就死在這裡。他們住的公寓只有兩間屋子，他在那家客店的頂樓上的那個房間寫作，每月他要付六十法郎的房租，從這間房間裡，他可以看到密密麻麻的屋頂和煙囪，還有環抱巴黎的群山。

而從那幢公寓裡，他只能看到那個經營木柴和煤炭的人所開設的店鋪，店裡兼也賣酒，是些品質低劣的葡萄酒。金黃色的馬頭掛在馬肉店鋪外面，櫥窗裡掛著金黃色和紅色的馬肉，他們就在那塗了綠色油漆的合作商店裡買醇美而便宜的葡萄酒來喝。其餘還能看到的就只是灰泥的牆壁和鄰居們的窗子了。夜裡，有人喝醉了躺在街上，在那種典型的法國式酩酊大醉中呻吟著，那些居民會打開窗子，接下來便是一陣低聲交談的話語。

「警察呢？警察到哪兒去了？總是在你不需要他們的時候，他們就會出現。他現在肯定是跟哪個看門女人在睡覺呢。去找警察。」等到不知是誰從窗口潑下一桶水，那呻吟聲才算停止了。「潑下來的是什麼？水。啊，這可真是聰明的辦法。」

於是窗子都關上了。瑪麗，他的女僕，對一天八小時的工作制抗議說：「要是一個丈夫幹到六點鐘，他在回家的路上就只能喝得稍微有點醉意，花錢也不會太多。但要是他只幹到五點鐘就沒事做了，那他每天晚上都會喝得酩酊大醉，也就一分錢都沒有了。工人的老婆才是縮短工時的受害人哩。」

「你要再喝點兒肉湯嗎？」這時，女人問他。

「不要了，謝謝你，肉湯的味道好極了。」

「再喝一點吧。」

「我想喝威士忌蘇打。」

「喝酒對你可沒有好處。」

「是啊，喝酒對我有害。柯爾・波特寫過這些歌詞，還作了曲子。正是這種知識使你生我的氣。」

「你知道我喜歡你喝酒的。」

「啊，是的，不過是因爲酒對我有害罷了。」

等她一離開，他想，我就會得到我所要的一切了。不是我所要的一切，而是我所有的一切。唉，他覺得累了。太累了。他打算睡一會兒。他靜靜地躺著，死神這會兒不在那兒。它定是上另一條街轉悠去了。死神成雙結對地騎著自行車，靜悄悄地在人行道上行駛。

不，他根本就沒有寫過巴黎。沒有寫過他所鍾愛的那個巴黎。可是其餘那些他也從來沒有寫過的東西又是怎麼樣呢？

那個大牧場和那銀灰色的山艾灌木叢、灌溉渠裡湍急而清澈的流水，還有那濃綠的苜蓿又是怎麼樣呢？那條林蔭小道崎嶇而上，向山裡伸展，而牛群在夏天膽小得像麋鹿一樣。那吆喝聲和持續不斷的喧鬧聲，那一群行動緩慢的龐然大物，當你在秋天把牠們趕下山來的時候，揚起的那一片塵土。群山背後，陡峭的山峰在夕陽裡輪廓分明，在月光下騎馬沿著那條小道下山，山谷那邊一片皎潔的月光。他記得，當穿過森林下山時，在黑暗中是看不見路的，只能抓住馬尾巴摸索著前進，這些，以及所有他想寫的故事。

還有那個打雜的傻小子，那次只留下他一個人在牧場，並且囑咐他不要讓任何人來偷乾草。從福克斯金來的那個老混蛋，經過牧場停下來時想要點飼料。傻小子過去給他幫傭的時候，老傢伙曾經打過他。這孩子不讓他拿，老傢伙說他還要再狠狠地打他一頓。當他想闖進牲口欄去的時候，傻小子從廚房裡拿來了槍，打死了那個老傢伙。等他們回到牧場的時候，老傢伙已經死了一個星期之久，在牲口欄裡凍得直僵僵的，狗已經把他吃掉了一部分。但是你們把殘留的屍體用毯子包起來，捆在一架雪橇上，讓那個孩子幫忙拖著；你們兩個穿著滑雪板，帶著屍體趕路，然後滑行六十英里，把那孩子送到城裡去。他還不知道人家會逮捕他呢。他本以爲自己盡了責任，你是他的朋友，他一定會得到獎賞呢。他是幫著把這個老傢伙拖進城來的，由他親口講述，這樣誰都能知道這個老傢伙是個多麼壞的人，他又是怎樣想偷飼料，飼料可不是他的啊，等到檢察官給孩子戴上手拷時，那孩子當時都傻眼了，於是他放聲大哭起來。這是他留著準備以後要寫的一個故事。在那兒，他起碼知道二十個有趣的故事，可是他一個也沒有寫。爲什麼？

「你告訴他們，那是爲什麼。」他說。

「什麼爲什麼，親愛的？」

「爲什麼卻沒有寫出來。」

自從她有了他，現在已經不喝那麼多的酒了。但如果他活著，他決不會寫她。這一點現在他明白了。他也決不會寫她們其中的任何一個。有錢人大都蠢得很，他們就知道酗酒，或者每天玩棋奕遊戲。他們不但愚蠢，而且絮絮叨叨叫人厭煩。他想起可憐的朱利安和他對有錢人懷有的那種羅曼蒂克的敬畏之感，記得他有一次是怎樣動筆寫一篇短篇小說的，他開頭這樣寫道：「豪門巨富與你我大不相同。」有人曾經對朱利安說，是啊，他們比咱們有錢。但對朱利安來說，這並不是一句幽默的話。他認為有錢人是一種特殊而富有魅力的族類，等到他發現事實並非如此時，他就毀了，就像其他那些把他毀了的事物一樣。

他一向看不起那些被毀了的人。你根本沒有必要去喜歡這一套，因為這是怎麼回事，你已非常了解了。什麼事情都騙不了他，他想，如果他不在意的話，什麼都傷害不了他。

好吧。現在即使對死亡他也不在乎了。他唯一害怕的只是疼痛。他能像任何人一樣忍得住疼痛，除非疼痛的時間太長，痛得他精疲力竭，可是這時他卻感受到某種可怕的疼痛，使得他沒有辦法忍受，但就在他感覺疼痛在撕裂他的時候，這疼痛已經停止了。

他記得，在很久以前，投彈軍官威廉遜在那天晚上，鑽過鐵絲網爬回陣地的時候，被一名德國巡邏兵扔過來的一枚手榴彈打中了，他疼得大聲直叫，央求大家把他打死。他是個胖子，非常勇敢，儘管很喜歡不著邊際地炫耀自己，畢竟可算是一個優秀的軍官。可是那天晚上他被鐵絲網纏住，手榴彈爆炸，一道閃光突然照亮了他，他的腸子流了出來，當他們把他抬進來的時候，他還活著，他們沒有辦法，只好把他的腸子割斷。當時他央求說：射殺我，哈利。看在上帝的份上，射殺我。有一次，他們曾經爭論過這個話題：凡是上帝給你帶來的你都能忍受，此說是否可以成立。有人的理論是，經過一段時間，疼痛就會慢慢消失。可是他卻一直沒有忘記威廉遜和那個晚上。在威廉遜身上痛苦並沒有消失，直到他把給自己一直留著的嗎啡片都給吃下以後，疼痛也沒有立刻止住。

可是，這會兒他感覺到的疼痛卻非常輕鬆，如果就這樣下去而不變得更痛的話，那就用不著擔心了。不過他想，如果能有更好的同伴在一起，那該多好。

他稍爲想了一下他希望的同伴是什麼樣的。不，他想，你向來做什麼事情，總是做得太久，也做得太晚了，你不能指望人家還在那兒。大家都走了。宴會已經結束，現在只剩下你和女主人啦。我對死亡越來越感到疲倦，就像我對其他一切東西都感到疲倦一樣，他這樣想著。

「真讓人厭倦。」他脫口而出。

「你說什麼，親愛的？」

「做什麼事情都做得太久了。」

他看著她坐在自己和篝火之間。她靠坐在椅子裡，火光在她那線條優美的臉上閃爍著，他看得出她已經睏了。他聽見那隻鬣狗就在那一圈火光外發出一聲嗥叫。

「我一直在寫東西，」他說，「但我累了。」

「你想你能夠睡得著嗎？」

「一定能睡著。爲什麼你還不去睡覺呢？」

「我喜歡坐在這裡陪你。」

「你有沒有什麼奇怪的感覺?」他問她。

「沒有，只是我有點睏了。」

「我倒是感覺有些奇怪。」

他剛才感覺到死亡又一次貼近了。

「你知道，我唯一沒有失去的東西，只剩好奇心了。」他對她說。

「你什麼東西也沒有失去。你是我所認識的最完美的人。」

「基督啊，」他說，「女人知道的實在太少啦。你依據什麼這麼說?難道是直覺嗎?」

因爲就在這時候，死神來了，死神的頭靠在帆布床的腳上，他聞得出它的呼吸。

「你可千萬別相信死神是鐮刀和骷髏的說法，」他告訴她，「它很可能是兩個施施然騎著自行車的警察，或者是一隻鳥兒。或者是像鬣狗一樣，有一隻大鼻子。」

現在死神已經挨近他的身體，可是它已不再具有任何形狀。它只是占有著空間。

「叫它走開。」

它沒有走，反而挨得更近了。

「你的氣味實在太糟糕了，」他對它說，「你這個臭雜種。」

它仍然在向他一步步逼近，現在他不能對它說話了，而當它發現他不能說話的時候，又向他挨近了一點。現在他想默默地把它趕走，但是它爬到他的身上來了。這樣，它的重量完全壓到他的胸膛上，它趴在那兒，他不能動彈也說不出話來，他聽見女人說:「先生睡著了，把床輕輕地抬起來，抬到帳篷裡去吧。」

他無法開口告訴她趕走死神，它沉重的趴在他身上，壓得他喘不過氣。稍後當他們抬起帆布床的時候，忽然一切又正常了，重壓從他胸前全部消失。

清晨來臨了，他聽見了飛機聲。那飛機顯得很小，接著飛了一大圈，兩個男僕跑出來用汽油點燃了火，堆上野草，於是平地兩端就冒起了兩股濃煙，晨風把濃煙吹向帳篷，飛機又繞了兩圈，這次飛得很低，接著往下滑翔，拉平，平穩地著陸了。老康普頓穿著寬大的便褲，上身穿一件花呢茄克，頭上戴著一頂棕色氈帽，朝著他走來。

「怎麼回事啊，老夥計？」康普頓說。

「腿壞了，」他告訴他，「你要吃點兒早飯嗎？」

「謝謝。我只要喝點茶就行啦，你知道這是一架『天社蛾』，我沒能搞到那架『夫人』。這架只能坐一個人。你的卡車正在路上。」海倫把康普頓拉到旁邊去，正在給他說著什麼話。然後康普頓顯得興高采烈地走回來。「我們得馬上把你抬進飛機去，」他說，「我還要回來接你太太。現在我想我得在阿魯沙停一下加油。咱們最好立刻動身。」

「那你不喝茶了？」

「你知道，我實在不想喝。」

兩個男僕抬起了帆布床，繞著那幾頂綠色的帳篷兜了一圈，然後沿著岩石走到那片平地上，走過那兩股濃煙——現在正亮閃閃地燃燒著，風助火勢，熊熊燃起，野草都燒光了。他們來到那架小飛機前。好不容易把他抬進飛機，一進飛機他就躺在皮椅子裡，那條腿直挺挺地伸到康普頓的座位旁邊。康普頓發動了馬達，然後鑽上了飛機。

他向海倫和兩個男僕揚手告別，馬達的卡噠聲變成了熟悉的吼聲，飛機搖搖擺擺地打著轉，康普頓留神看著那些野豬的洞穴，接著，飛機在兩堆火光之間的平地上怒吼著，顛簸著，隨著最後一次顛簸，離地起飛了。他看見他們都站在下面揚手，山邊的那個帳篷現在顯得扁塌塌的，平原展開著，一簇簇的樹林，那片灌木叢也顯得扁塌塌的，那一條條野獸出沒的小道，現在似乎都平平坦坦地通向那些乾涸的水穴，還有一處他過去從不知道的新水源。斑馬，現在他只看到牠們隆起那小小圓圓的脊背了。大羚羊像人的手指那麼大，牠們越過平原時，彷彿是大腦袋的圓點在地上爬行，而當飛機的影子向牠們逼近時，牠們都嚇得四處跑散了，牠們現在顯得更纖小，動作也看不出是在奔馳了。

你放眼望去，現在是一片灰黃平原，前面是老康普頓身著花呢茄克的背影和那頂棕色的氈帽。接著他們飛過了第一群山巒，大羚羊正在山上奔跑，然後他們又飛過一片高峻的山嶺，在那陡峭的深谷裡生長著濃綠的森林，還有那生長著茁壯的竹林的山坡，接著又是一大片茂密的森林，他們穿越一座座尖峰和山谷。山嶺漸漸低斜，接著又是一片平原。這時天氣變得炎熱起來了，平原上顯出一片紫棕色，飛機熱烘烘地顛簸著，康普頓不時地回過頭來看看他在飛行中的狀況怎麼樣。飛機前面又出現黑幽幽的崇山峻嶺。

然後，飛機沒有往阿魯沙方向飛，而是轉向左方，他據此認為他們的燃料應是足夠的，往下看，他看見一片像是從天際飄落下來的粉紅色雲彩，正在掠過大地，他知道那是從南方飛來的蝗蟲群。忽然飛機爬高，似乎他們是往東方飛，接著天色晦暗，他們碰上了一場暴風雨，大雨如注，彷彿像穿過一道瀑布似的，當他們穿出水簾時，康普頓轉過頭來，一面咧嘴笑著，一面用手指了指前方。於是，他極目遠眺，看到了奇力馬扎羅雪山的方形山頂，像整個世界那樣寬廣無垠，在陽光中顯得那麼巍峨雄偉，而且潔白得令人難以置信。這時他明白，那兒就是他要去的目的地。

正在這時，鬣狗在夜裡停止了嗚咽，開始發出一種奇怪的幾乎像人那樣的哭聲。女人聽到了這聲音後，在床上不斷的輾轉反側。她並沒有甦醒，正夢見她在長島的家裡，那情景好像是她女兒第一次進入社交界的前夜，不知為什麼，似乎她的父親也在場，他看上去顯得很粗暴。接著鬣狗的大聲哭叫把她吵醒了，她一時不知身在何處，她感到很恐懼。接著她拿起手電筒朝另一張帆布床照去，哈利睡著以後，他們把床抬進來了。隔著蚊帳，她隱約可見他的身軀，他把那條傷腿伸出來，垂落在帆布床沿，敷著藥的繃帶卻掉落了下來，她不忍再目睹這副景象。

「莫洛，」她喊道，「莫洛！莫洛！」

接著她又說：「哈利，哈利！」一點動靜也沒有，於是她提高了嗓子，「哈利！請你醒醒，啊，哈利！」

沒有回應，她聽不見他的呼吸聲。

帳篷外，鬣狗還在發出奇怪的嗥叫聲，她就是被這種叫聲驚醒的。可是因爲她的心在猛烈地怦怦直跳，她沒有聽見他的回應。

春潮

第一部

紅色和黑色的笑聲

真正荒唐可笑之事的唯一源泉（就我看來）乃是矯揉造作——菲爾汀

1

瑜伽·詹森站在密西根州一家大型水泵製造廠的窗前朝外望。春天就快降臨這裡了。那個搖筆桿的傢伙哈欽遜曾寫過「冬天來了，春天還會遠嗎？」（**譯者按，其實是英國詩人雪萊的名句，本篇中海明威故意多處張冠李戴，是在表達戲仿和反諷**），難道今年又會應驗不成？瑜伽·詹森很想知道。就在瑜伽近旁的第二個窗戶站著史克理普·奧尼爾，一個又長又瘦的人，長著張又長又瘦的臉。兩人都站著朝外張望這水泵製造廠空無人影的院子。白雪覆蓋著一台台裝在板條箱裡即將運走的水泵。只等春天一到，雪融化了，廠裡的工人們就會把這些目前被雪覆蓋的成堆箱裝水泵一一起出，拉到C·R·&I·鐵路的車站，在那裡裝上平板車運走。瑜伽·詹森望著窗外那些雪封的水泵，呼出的氣在冷冽的窗玻璃上結成了細小玲瓏的霜花。這會兒，瑜伽·詹森想起了巴黎。也許正是這些細小玲瓏的霜花，使他想起曾在那兒待過兩星期的花都。那兩個星期，曾是他一生中最爲愉快的兩個星期。如今可都不堪回首了。這回事，還有其他的一切，都已不堪回首。

史克理普·奧尼爾有兩個妻子。他望著窗外，又長又瘦的身子挺立著，帶著他固有的那副纖弱卻硬朗的模樣，顯得富有彈性，這時，他想起了她們倆。一個就住在曼塞羅那，另一個住在佩托斯基。上一年春季以來，他還沒見過住在曼塞羅那的那一個。他望著窗外白雪覆蓋的水泵廠院子，心想，春天會意味著什麼。跟他那在曼塞羅那的妻子一起時，史克理普常常喝醉酒。他喝醉了，跟他妻子就很快活。他們會一起去到火車站，沿著鐵軌走出站去，然後一起坐下，喝喝酒，看著火車開過。他們會坐在俯瞰鐵路的一座小山上的一株松樹下，喝起酒來。有時候他們會喝個通宵。有時候他們一連喝上一個星期。這對他們有好處。這使史克理普堅強。

史克理普有個女兒，他戲稱她爲邋遢妹奧尼爾。她的真實姓名爲露西·奧尼爾。史克理普跟他老婆去到鐵路邊一連喝了三四天後，有一晚找不到他的妻子了。他不知道她的下落。等他清醒過來，四下一片黑暗。他沿著鐵道朝城區走去。腳下的枕木硬梆梆的。他想在鐵軌上行走。可是他做不到。他對此是心中有數的，沒錯。他回頭沿著枕木走。進城可有好長的一程路。他走啊走，終於走到熟悉的地方，已可以看到車輛編組場的燈光。他從鐵軌邊來個急轉彎，走過曼塞羅那中學。那是座黃色磚砌的建築。一點也沒有洛可可的華麗風格，不像他曾在巴黎見過的那些建築。不對，他從沒去過巴黎。去過的人不是他。是他的朋友瑜伽·詹森。

瑜伽·詹森望著窗外。就快到關閉這水泵製造廠過夜的時候了。他小心翼翼地把窗子打開，只開了一道縫。只開了一道縫，這可就夠了。外邊院子裡，積雪開始融化。一陣暖風吹起。這是由落磯山脈吹來的暖風，不知何故，水泵工人們都將把這風叫做「奇努克風」。這陣暖烘烘的奇努克風透過窗子吹進這水泵製造廠。所有的工人都放下了他們的工具。其中有不少是印第安人。

那工頭是個牙關緊鎖的矮個子。他曾出外旅遊，一度遠至德盧斯。德盧斯遠在密西根湖那藍色水面的對岸，在明尼蘇達州的一片林區內。在那邊他有過一段奇妙的經歷。

那工頭把一隻手指伸進嘴裡潤濕一下，然後豎在空中。他感覺到這暖風吹在手指上。他懊惱地搖搖頭，朝工人們笑笑，也許有點兒冷冰冰的。

「呃，這是定期的奇努克風，小伙子們，」他說。

工人們大多默默無言，掛起了他們的工具，把那些完成一半的水泵收起，安放在支架上。工人們依次走出，有些人在講話，還有些則默默無言，有幾個在咕噥，一起上盥洗室去洗手洗臉。

透過窗子，外面傳來一聲印第安人作戰時的吶喊。

2

史克理普．奧尼爾站在曼塞羅那中學外面，仰望著那些亮著燈的窗子。天色很黑，正在下雪。從史克理普記事時起一直在下雪。有個過路人站住了，向史克理普瞪了一眼。對他來說，這男子究竟有什麼相干啊？他繼續趕路。

史克理普站在雪地裡，抬眼瞪視著曼塞羅那中學那些亮著燈的窗子。屋裡，人們正在學習。他們上課直到深夜，男孩們跟女孩們競相鑽研知識，這股學習的強烈欲望正在席捲美國大地。他的女兒，那個小邋遢妹，出生時花了他整整七十五塊錢在醫生帳單上的女孩，正在裡面學習。史克理普感到自豪。要他去學習可太遲了，不過在那裡，一天又一天、一夜又一夜，邋遢妹正在學習。她天生有這份能耐，這女孩兒。

史克理普朝前一直走到他家的屋子。那屋子不大，不過史克理普的老婆在意的，並不是屋子的大小。

「史克理普，」兩人一起喝酒時，她往往這樣說，「我可不要一座王宮。我只要個可以擋擋風的地方。」史克理普相信她說的是真話。這會兒，黃昏已過去了好久，他在雪中行走，看到自己屋子的燈光，慶幸自己相信她說的是真話。這樣要比如果回家時到一座王宮來得好。他，史克理普，可不是那個嚮往有座王宮的傢伙。

他打開他家的屋門，走進去。有某個念頭在他腦際不斷湧現。他竭力把它排除，但是不行。他那朋友哈利．派克有一回在底特律結識的那個寫詩的傢伙，寫過些什麼來著？哈利常常這樣背誦：「縱然我遊遍樂園和王宮。當你什麼什麼什麼沒有一處地方及得上家。」他記不起那些詞兒了。並不全都記得起了。他給它寫了一支簡單的曲調，教露西唱。那是他初次結婚時的事。如果史克理普有機會繼續做下去，他或許會成爲一位作曲家，成爲那類寫芝加哥交響樂隊演奏之流的那種勞什子傢伙中的一個。他要讓露西當晚唱這支歌。他永遠不再喝酒了。酗酒使他的耳朵失去了樂感。有好多次他醉了，列車夜間爬上博因瀑布城那邊的坡道時，汽笛聲聽來比史特拉文斯基這傢伙曾寫過的任何曲目都更動聽。是酗酒造成的。這是要不得的。他要出走去巴黎。就像這個拉小提琴的傢伙阿爾伯特．史波丁那樣。

史克理普開了屋門。他走進屋去。「露西，」他叫道，「是我，史克理普。」他永遠不再喝酒了。不再到鐵路邊去夜遊了。也許露西需要一件新的皮大衣。也許吧，她畢竟想望有座王宮，而不要這個地方。你壓根兒不知道你對待一個女人究竟如何。也許這地方畢竟並沒有擋住風。異想天開。他劃了一支火柴。「露西！」他叫道，有一份恐慌感沒有從他嘴裡發出來。他的朋友沃爾特·西蒙斯在一匹種馬有次於巴黎旺多姆廣場上被一輛路過的公共汽車碾過時，聽到牠嘴裡發出的就是這麼樣的叫聲。巴黎沒有閹馬。所有的馬都是種馬。他們並不培育母馬。一次大戰以來就是這樣。大戰改變了一切。

「露西！」他叫道，接著又是一聲「露西！」沒有回音。屋內空無一人。他孤零零地站在那裡，身子又長又瘦，在他自己的被人拋棄的屋裡，這時透過滿是雪花的空氣，有一聲遙遠的印第安人作戰時的吶喊，傳到史克理普的耳朵裡。

3

史克理普離開曼塞羅那。他跟那地方一刀兩斷了。一個這麼樣的小城能給他什麼呀？什麼也沒有。你勞累了一輩子，只因出了這麼樣的一樁事兒。多年的積蓄就一掃而光了。什麼都沒了。他動身去芝加哥找工作做。芝加哥才是好地方。瞧它的地理位置，就在密西根湖的西南端。芝加哥能成就大事。哪個傻瓜蛋都看得出來。他要在如今叫做「大環」的精華地區買地，那是個零售業和製造業的大區。他要以低價買進地皮，就此抓住了不放。讓人家來試試從他手裡奪走吧。他如今可不是吳下阿蒙了。

他孤零零的一個人，光著頭，風雪刮著頭髮，沿著C・R・&I・鐵路的軌道走去。這是他一輩子經歷過的最冷的夜晚。他撿起一隻看來因凍僵而倒斃在路軌上的鳥兒，放在襯衫裡面使牠暖和。鳥兒緊挨在他暖烘烘的身子上，感恩地啄起他的胸膛來。「可憐的小傢伙，」史克理普說。「你也覺得冷啊。」

他的雙眼湧出淚水。

「見鬼的風，」史克理普說，又面朝這風雪走去。這風是逕自從蘇必略湖上吹來的。史克理普頭頂上空的電報線在風中颯颯作響。透過黑夜，史克理普看到有隻黃色大眼睛在朝他迎來。這台龐大的火車頭在暴風雪中越來越近了。史克理普跨到軌道的一邊，讓它開過去。那個搖筆桿的老傢伙莎士比亞寫過什麼來著：「強權即真理」？列車在下著雪的黑夜裡開過身邊，史克理普想起了這句成語。機車先駛過去。他看見那火伕俯身把一大鏟一大鏟的煤塊甩進敞開的爐門。那司機戴著護目鏡。臉被敞開的爐膛門中射出的火光照亮。他正是司機。正是他把一隻手按在扼氣桿上。史克理普想起那些芝加哥無政府主義者在被處絞刑時說的話：「儘管你們今天扼殺我們，你們仍然無法什麼什麼我們的靈魂。」在芝加哥森林公園遊樂場旁的瓦爾德海姆墓地，他們被埋葬的地方立了一塊紀念碑。史克理普的父親在星期日常帶他去到那裡。這紀念碑全部是黑色的，上面有個黑色的天使。這是史克理普小時候發生的事。他當時常常問他父親：「父親，為什麼我們星期日來看這些無政府主義者，就不能去乘驚險滑梯呢？」他對他父親的回答從沒感到滿意過。當時他還是個穿短褲的男孩。他父親曾是個偉大的作曲家。他母親是從義大利北部來的女人。而這些義大利北部的人都是些怪咖。

史克理普站在軌道邊，那一節節又長又黑的車廂在雪中卡嗞卡嗞地駛過他的身邊。所有的車廂都是臥鋪。窗簾都拉下了。一節節車廂駛過，燈光從黑黝黝的車窗底部窄縫中射出。如果這列車開向另一方向，就會轟隆隆的響，但是它正在爬上博因瀑布城的坡道。它開得比下坡時來得慢。然而還是太快，史克理普無法扒上。他想起自己還是個穿短褲的男孩時，曾是扒裝食品雜貨的大車的好手。

史克理普站在軌道邊，這又長又黑的一列普爾曼臥車駛過他的面前。誰坐在這些車廂裡呀？他們是美國人，睡夢中還在攢錢嗎？她們是做母親的嗎？他們是做父親的嗎？其中有情侶嗎？或者，他們是歐洲人，給大戰弄得精疲力竭、厭棄人生的那個歐洲文明之成員嗎？史克理普很想知道。

最後一節車廂駛過他面前，列車在軌道上一路駛去。史克理普看著車尾的紅燈在黑暗中消失，這時雪片正在黑暗中輕輕地飄落。那隻鳥兒在他襯衫內撲動著。史克理普沿著一根根枕木拔腳走去。他想當夜就趕到芝加哥，如果可以的話，明天早上就開始工作。懷中的鳥兒又撲動了一下。牠這時不太虛弱無力了。史克理普伸手按住牠，牠停止撲動。鳥兒靜下來了。史克理普在鐵軌上大步走去。

他其實用不著趕到芝加哥那麼遠的地方去。還有的是其他地方。那個當評論家的傢伙亨利．孟肯管芝加哥叫「美國的文學之都」，那又怎樣？還有潛力十足的急流城呢。一旦到了急流城，他就可以著手做傢俱生意。人家就是這樣發財的。急流城的傢俱是出了名的，凡是有小倆口子在傍晚散步時談起建立家庭的地方，都知道這傢俱王國的名聲。他想起小時候在芝加哥見過的一塊招牌。他母親和他一起光著腳走遍也許就是今天叫大環的市區，挨家挨戶去乞討的時候，曾指給他看過。他母親喜愛這招牌上那些霓虹燈在閃閃發光。

「這燈光就像我家鄉佛羅倫斯的聖米尼亞托教堂一樣，」她對史克理普說。「好好瞧瞧，我的兒子，」她說，「因爲有一天你的樂曲將由佛羅倫斯的翡冷翠交響樂隊在那兒演出。」

史克理普在他母親裹著條舊圍巾躺在也許是今天黑石大飯店所在的地方時，常常一連好幾小時注視著這塊招牌。這招牌給了他很深的印象。

「**讓哈特曼來裝點你的安樂窩**」，招牌上面這麼寫著。它閃現出許多不同的顏色。起先是一種耀眼的純白色。這是史克理普最喜愛的。然後閃出一種可愛的綠色。然後閃出一片紅色。有一晚，他挨在他母親暖烘烘的身子旁邊蜷身躺著，注視這招牌在閃光，有名員警走上前來。「你們必須走開，」他說。

啊，是的。搞傢俱業可以賺大錢，如果你懂得怎麼搞的話。他，史克理普，懂得這一行的所有竅門。他在自己的心裡把這事定下來了。他要在急流城停下。那隻小鳥撲動了一下，這時顯得很快樂。

「我要給你做一個多麼美的鍍金鳥籠啊，我的美人兒，」史克理普樂不可支地說。小鳥滿懷信心地啄啄他。史克理普在暴風雪中大步前行。雪開始在軌道上堆積起來。給風吹送著，有一聲印第安人作戰時的吶喊傳到史克理普的耳朵裡。

4

史克理普眼下在哪兒呢？夜間在暴風雪中走著走著，他都弄糊塗了。那個可怕的晚上，他發現自己的家不再像個家了，就動身去芝加哥。露西為什麼出走呀？邋遢妹現在怎麼啦？他，史克理普，可不知道。他也不在意這些。這一切全都拋在腦後了。如今什麼都沒了。他正站在深可及膝的積雪裡，面對著一個車站。車站上用大字寫著：「**佩托斯基**」，那兒有一堆麋鹿，是獵戶們從密西根州上半島運來的，一隻鹿堆在另一隻上面，都是死的，僵硬了，在月台上被飄來的雪半掩著。史克理普又念了一遍車站的名字。這兒真是佩托斯基嗎？

車站的屋裡有個男人，在一扇小窗內嗒嗒嗒地敲打著什麼東西。他朝外望望史克理普。他是個發報員嗎？史克理普憑某種跡象認為他正是。

他走出地上的積雪，向窗口走去。那人在窗內正忙著敲打發報機的電鍵。

「你是發報員嗎？」史克理普問。

「對，先生，」那人說。「我是發報員。」

「真太好了！」

發報員懷疑地瞪著他。這個人畢竟對他算什麼呀？

「當發報員難嗎？」史克理普問。他想直截了當地問這人，此地是否真是佩托斯基。他可不熟悉美國北部的這片廣大地區，但是他希望不會失禮。

發報員驚訝地望著他。

「聽著，」他問，「你是個相公（譯者按，即同性戀者）嗎？」

「不，」史克理普說。「我不知道相公是什麼意思。」

「哦，」發報員說，「你隨身帶著隻鳥兒幹嗎？」

「鳥兒？」史克理普問。「什麼鳥兒？」

「從你襯衫裡鑽出頭來的那一隻。」史克理普覺得困惑不解了。這發報員是何許人啊？何許人是幹發報這一行的呢？他們像作曲家嗎？他們像藝術家嗎？他們像作家嗎？他們像那些在我們的全國性週刊上撰寫廣告的廣告界人士嗎？要不，他們像那些歐洲人，被大戰弄得憔悴消瘦，最好的年華已經消逝了嗎？他能把經歷源源本本地告訴這個發報員嗎？他能理解嗎？

「我當時正在回家途中，」他開口說。「我經過了曼塞羅那中學的門前——」

「我在曼塞羅那認識過一個女孩，」發報員說。「說不定你也認識。愛塞爾．安萊特。」

再談下去沒什麼好處了。他要長話短說。他要只講基本的要點。再說，這時真冷得厲害。站在這刮著大風的月台上真冷。他有幾分明白，講下去也沒用。他回頭看了看那些堆在一起的鹿，僵硬而冰冷。沒準牠們也曾是一對對情侶。有些是公鹿而有些是母鹿。公鹿長著角。這樣你才能辨別。拿貓來說，那就比較難辨別了。在法國，人們閹割貓兒，倒並不閹割馬兒。法國遠得很哪。

「我妻子拋棄了我，」史克理普突如其來地說。

「如果你帶著隻從你襯衫裡鑽出頭來的該死的鳥兒四處轉悠，那就難怪你妻子要拋棄你了，」發報員說。

「這個城市叫什麼？」史克理普問。兩人之間曾有過精神上融洽交流的難得一刻，現在已經消逝了。他們實際上根本沒有過這種時刻。不過他們原是可以有的。如今可沒有用了。要抓住已經過去的東西是沒有用的。是已經飛走的東西啊。

「佩托斯基，」發報員回答。

「謝謝你，」史克理普說。他轉身走進這寂靜無人的北方城市。他運氣好，口袋裡還有四百五十元。就在他陪老婆動身去作那次酗酒旅行之前，他還賣掉了一篇短篇小說給「星期六晚郵」的文學版主編喬治·洛里默。他本人究竟幹嗎要出走呢？不管怎麼說，這一切究竟怎麼啦？

有兩個印第安人在大街上朝他走來。他們對他瞧了瞧，可是臉上不動聲色。他們臉上的表情保持著原樣。他們走進麥卡錫理髮店。

5

史克理普．奧尼爾猶豫不決地站在理髮店外。有人在店裡讓理髮師刮鬍子。另外有些人，看上去也沒什麼特別，在讓人理髮。另外有些人靠牆坐在高背椅子上抽菸，等著輪到他們去坐上理髮椅，他們有的在欣賞牆上掛的油畫，有的在欣賞著長鏡子裡自己的影子。他，史克理普，該進去嗎？他畢竟口袋裡有四百五十塊錢哪。他可以愛上哪兒就上哪兒。他又一次猶豫不決地望著。這是個誘人的情景，與人相處，在暖和的屋裡，穿著白大褂的理髮師用剪子熟練地喊嚓喊嚓剪得挺順暢，或者以剃刀在給修面的人臉上塗的肥皂沫中斜斜地刮去。他們擅於使用他們的工具，這些理髮師們。他依稀覺得這不是他所需要的。他需要些別的什麼。他需要吃東西。再說，還有他這隻鳥兒需要照料。

史克理普．奧尼爾轉身背對那理髮店，在這寂靜冰封的北方城市的大街上跨步走去。他一路走著，只見右首有些樹枝朝下彎的樺樹，枝上光禿禿的沒留下一片葉子，一直下垂到地面，被積雪壓得沉甸甸的。雪橇的鈴聲傳進他的耳朵。說不定是耶誕節了吧。在南方，小孩子們就會放爆竹，衝著彼此叫喊「聖誕禮物！聖誕禮物！」啦。他父親是南方人，曾在南軍中當過兵。那是早在內戰時期的事。北軍將領謝爾曼在向海邊大進軍時燒掉了他家的房子。「戰爭是地獄，」謝爾曼說過。「不過你知道是怎麼回事，奧尼爾太太，我不得不這樣幹啊。」他把一支火柴點著了那座有白色圓柱的古宅。

「要是奧尼爾將軍在這兒，你這懦夫！」他母親曾說，用她那蹩腳的英語說，「你就絕對不敢把一支火柴點著這屋子啦。」

濃煙從這古宅嫋嫋升起。火勢越來越大。那些白色圓柱被升起的團團濃煙所掩沒。史克理普緊緊抓住他母親那麻毛交織的衣裙。

謝爾曼將軍爬上他的馬兒，深深鞠了一躬。「奧尼爾太太，」他說，史克理普的母親後來常說他當時眼睛裡噙著眼淚，即便他是個天殺的北佬也罷。此人尚有良心，老兄，即便他並不聽從良心的支配。「奧尼爾太太，如果將軍在這兒的話，我們就可以一對一地決一雌雄。照現在的情況看，夫人，既然戰爭就是這麼回事，我就必須燒掉你這房子。」

他朝手下的一名士兵揮揮手，那人奔上前來，把一桶火油澆在火焰上。火焰冒起，一大團濃煙在那風息全無的暮色中騰地升起。

「不管怎麼樣，謝爾曼將軍，」史克理普的母親得意洋洋地說，「這一團煙將警告南部邦聯的其他忠誠兒女們，北軍來了。」

謝爾曼鞠了一躬。「這正是我們不得不冒的風險，夫人。」他把靴刺啪地一紮馬腹，騎馬而去，一頭白色長髮在風中浮動。史克理普和他母親都再沒見過他。奇怪，他這會兒竟會想起這段往事。他抬眼一望。面前有塊招牌：「**布朗飯館，最好試試便知**」，他要進去吃東西。這正是他用得著的。他要進去吃東西。這招牌上寫著：「**試試便知**」。啊，這些規模較大的小飯館的主人是聰明的傢伙。他們懂得怎樣招攬顧客。他們不用在《星期六晚郵報》上登廣告。**試試便知**。這樣就行了。他走進去。

進了這小飯館的門，史克理普朝四下一望。有一只長櫃台。有一只鐘。有一扇門通往廚房。有兩三張桌子。有一堆炸麵圈，蓋著只玻璃罩。有些標牌掛在牆上的某個地方，標明你可以點什麼吃食。難道這就是布朗飯館不成？

「我不知道，」史克理普問一個從廚房的彈簧雙扇門走出來的，上了年紀的女招待，「你能不能告訴我，這兒就是布朗飯館嗎？」

「正是，先生，」女招待回答。「試試便知。」

「謝謝你，」史克理普說。他在櫃台前坐下來。「我自己要來些豆子，還要些給我這鳥兒。」

他解開襯衫，把鳥兒放在櫃台上。鳥兒豎起了羽毛，抖了一下身子。牠試探性地啄了啄那番茄醬瓶。上了年紀的女招待伸出一隻手，摸了摸牠。「這小傢伙不是挺有男子漢氣概嗎？」她發表意見。「順便問問，」她問，臉上帶著點兒慚色，「你剛才點了什麼，先生？」

「黃豆，」史克理普說，「給我的鳥兒和我本人。」

女招待一把推起通廚房的小窗上的門。史克理普瞥見了一間溫暖的蒸氣瀰漫著的屋子，有些大壺大鍋，牆上掛著好些亮光光的罐子。

「一客豬肉外加煎炸的東西，」女招待用乾巴巴的嗓音衝著推開的小窗叫道。「給鳥兒來一客！」

「就好！」廚房裡傳來一聲回音。

「你這鳥兒多大了？」上了年紀的女招待問。

「我不知道，」史克理普說。「我還是昨晚才頭一次見到牠。我當時正在鐵道上從曼塞羅那走來。我妻子出走了。」

「可憐的小傢伙，」女招待說。她倒了點兒番茄醬在指頭上，鳥兒感激地啄食。

「我妻子出走了，」史克理普說。「我們當時在鐵道邊喝酒來著。我們慣常晚上出去，看一列列火車開過。我寫短篇小說。有一篇曾登在《晚郵報》上，還有兩篇曾登在文學刊物《日晷》上。主編孟肯竭力想抓住我不放。我太聰明了，不屑幹那號事兒。我的作品中不談政治。政治使我頭痛欲裂。」

他在說些什麼呀？他在亂說一氣啊。這樣是絕對不行的。他必須控制住自己。

「刊物主編斯葛菲．塞耶當過我的男儐相，」他說。「我是哈佛畢業生。我只求人家讓我和我這鳥兒美餐一頓。別再扯國際政治啦。把柯立芝總統攆走吧。」

他神志恍惚了。他知道是怎麼回事。他餓得快暈過去了。這北國的風對他來說太銳利、太凜冽了。

「聽著，」他說。「你能讓我就來那麼一點兒那種黃豆嗎？我可不想催。我知道什麼時候該適可而止。」

那小窗給推上去了，一大盤黃豆和一小盤黃豆，都是熱氣騰騰的，出現了。

「要的東西來啦，」女招待說。

史克理普動手對付那一大盤黃豆。還有點兒豬肉哪。那鳥兒吃得挺愉快，每嚥一下總要抬一下頭讓豆子下肚。

「牠這樣做，是為了這些黃豆感謝上帝，」上了年紀的女招待解釋。

「這黃豆也確實很好，」史克理普表示同意。受了這些黃豆的影響，他的頭腦清醒起來。他關於那個亨利・孟肯扯了些什麼廢話來著？難道孟肯當真盯住他不放？這個得爭取的前景可並不美好。他口袋裡有四百五十元。不過，等這筆錢花光了，他總是能把事情了結的。要是他們逼得他太厲害，他們就會大吃一驚。他可不是束手就擒的窩囊傢伙。讓他們來試試看吧。

吃下了黃豆，那鳥兒睡去了。牠用一條腿站著入睡，另一條腿蜷起在羽毛中。

「等牠靠這條腿睡得累了，牠會換一條腿兒來安睡，」女招待說。「我們家裡有隻老鶚，就是這麼幹的。」

「你的老家在哪裡？」史克理普問。

「在英國。在那湖泊地區。」女招待帶著點兒依戀的微笑說。「詩人華茲華斯的家鄉，你知道。」

啊，這些個英國人。他們遊遍了這地球表面的所有地方。他們並不滿足於待在他們那個小島上。奇怪的北歐人，念念不忘地做著他們的帝國夢。

「我並不是一直做女招待的，」這上了年紀的女招待說。

「我相信你並不一直是這樣。」

「當然不，」女招待繼續說。「這段經歷相當離奇。也許會叫你聽得乏味的？」

「哪裡會啊，」史克理普說。「你不介意我什麼時候把這段經歷拿來寫作吧？」

「如果你覺得有意思，我就不介意，」女招待笑吟吟地說。「你不會用我的真名實姓，這不用說吧。」

「如果你不願意，我就不用，」史克理普說。「順便問一下，可以再來一客黃豆嗎？」

「試試便知，」女招待笑了。她臉上有些皺紋，臉色發灰。她有點兒像那個在匹茲堡去世的女伶。她叫什麼來著？蘭諾爾・烏爾里克。在「彼得・潘」劇中演出的。正是這一個。聽人說她外出老是戴面紗，史克理普想。這才是個叫人感興趣的女人。真是蘭諾爾・烏爾里克嗎？也許不是。不過沒關係。

「你真想再來點黃豆？」女招待問。

「對，」史克理普乾脆地回答。

「再來一客煎炸的玩意兒，」女招待衝著小窗內叫道。「甭管那鳥兒啦。」

「就好，」傳來一聲應答。

「請繼續講你的經歷，」史克理普親切地說。

「那是巴黎舉行世界博覽會那年的事兒，」她開口說。「我當時還是個小女孩，用法語來講，叫閨女，我是陪母親從英國去的。我們打算參加博覽會的開幕式。我們從北站到旺多姆廣場我們下榻的旅館的途中，彎進一家髮型師的鋪子，採購了一些小東西。我母親，我還記得，添購了一瓶『嗅鹽』，照你們在這兒美國的叫法。」

她微微一笑。

「好，講下去。嗅鹽，」史克理普說。

「我們按照慣例在旅館登記，人家給了我們預訂的那兩間毗連的客房。我母親由於趕路，覺得有點累了，我們就在房間裡吃晚飯。我對第二天就可以參觀博覽會感到興奮極了。可是趕了路，我也累了——我們渡過英吉利海峽時天氣挺惡劣——所以睡得可沉了。早上我醒過來，叫喚我的母親。沒有回音，我就走進房去叫醒媽媽。床上沒有媽媽，倒是睡著一位法國將軍。」

「我的天啊！」史克理普用法語說。

「我當時驚慌失措，」女招待繼續講下去，「就按鈴叫管理人員來。賬台人員來了，我就要求知道我母親的下落。

「『可是，小姐啊，』那賬台人員作解釋，『我們一點也不知道你母親的事。你是陪一位某某將軍到這兒來的』——我記不住那位將軍的姓名了。」

「就叫他霞飛將軍吧，」史克理普出主意說。

「那姓氏跟這個非常相像，」女招待說。「我當時嚇壞了，就去叫員警來，要求查閱旅客登記簿。『你會發現我是和我母親在上面一起登記的，』我說。員警來了，那賬台人員拿來了登記簿。『瞧，女士，』他說。『你跟你昨晚陪同來我們旅館的那位將軍一起登記的。』

「我陷入困境了。後來，我想起了那髮型師的鋪子地址。警方把髮型師去找來。一名警探把他帶進來的。

「『我跟我母親到過你的鋪子，』我對髮型師說，『我母親買了瓶芳香劑。』

「『我完全記得小姐，』髮型師說。『不過你不是陪你母親來的。你是陪一位上了年紀的法國將軍來的。他買了，我記得，一把卷小鬍子用的鉗子。在我賬簿上能查到這筆賬的。』

「我絕望了。就在這時候，警方帶來了那名把我們從車站送到旅館的計程車司機。他發誓說我絕對沒有跟我母親在一起。說吧，這段經歷叫你聽得厭煩嗎？」

「說下去，」史克理普說。「要是你曾跟我那樣苦於想不出故事情節來，就會明白多此一問！」

「好吧，」女招待說。「這故事也盡在於此了。我從此就沒見過我母親。我跟大使館取得了聯繫，可是他們無能爲力。他們最後證實了我的確陪我母親渡過了英吉利海峽，但此外他們就無能爲力了。」淚水從這上了年紀的女招待眼中湧出。「我再沒見過我媽媽。就此沒見過。一次也沒有。」

「那位將軍怎麼啦？」

「他最後借給我一百法郎——即便在當時也不是筆大數目——我就來到美國，當上了女招待。這段經歷也盡在於此了。」

「還不止這些，」史克理普說。「我拿生命作賭，還不止這些。」

「有些時候，你知道，我認爲的確還有，」女招待說。「我認爲一定還不止這些。在某處地方，用某種方式，總該有個說法吧。我不知道今天早上是什麼緣故使我想起這事來的。」

「能一吐爲快，總是好事，」史克理普說。

「是啊，」女招待帶著微笑說，這一來她臉上的皺紋就不那麼深了。「我現在覺得好過些了。」

「跟我說說，」史克理普要求這女招待，「在本城有什麼可以給我和我這鳥兒做的工作嗎？」

「正當的工作？」女招待問。「我只知道正當的工作。」

「對，正當的工作，」史克理普說。

「人家的確說過那家新開的水泵製造廠在雇人手，」女招待說。「爲什麼他不該用雙手幹活呢？大雕刻家羅丹這麼幹過。大畫家塞尚曾當過屠夫。大畫家雷諾瓦做過木匠。畢卡索小時候在香菸廠裡幹過活。還有那個吉爾伯特・斯圖爾特，他畫過那些著名的華盛頓像，在我們美國到處加以複製，掛在每間教室裡——吉爾伯特・斯圖爾特當過鐵匠。再說還有名作家愛默生。愛默生當過泥瓦小工。名作家詹姆斯・洛威爾，他聽說過，年輕時當過發報員。就像車站上那傢伙一樣。也許眼下那車站上的發報員正在寫作他的《死亡觀》或《致水鳥》呢。為什麼他，史克理普・奧尼爾，就不該進水泵製造廠幹活呢？

「你會再來嗎？」女招待問。

「如果可以的話，」史克理普說。

「還把你的鳥兒帶來吧。」

「好，」史克理普說。「這小傢伙眼下相當累了。畢竟對牠來說這一晚真夠嗆。」

「我看也是這樣，」女招待表示同意。

史克理普走出去，又投入這城裡。他覺得已經頭腦清醒，能對付生活了。進一家水泵製造廠會是很有意思的。水泵如今是了不起的玩意。在紐約華爾街上，每天有人在水泵的股票上發大財，有人為此變成窮光蛋。他知道有個傢伙不到半小時內在水泵的股票上就淨賺了整整五十萬。人家是內行的，這幫華爾街的大經紀人。

到了外面街上，他抬眼望那招牌。「**試試便知**」，他念道。人家懂這一套，沒錯，他說。不過這店裡是否果真有過一名黑人廚子？就那麼一次，就那麼一剎那，當那小窗朝上開的時候，他自以為瞥見了一灘黑色的什麼東西。說不定那傢伙不過被爐灶的煤煙鬧了個大花臉吧。

第二部

奮鬥求生

因此在這兒，我鄭重聲明，我毫無詆毀或中傷任何人的意圖；因為儘管本書中的一切都是從自然這部大書中摹寫來的，並且幾乎沒有一個我創作的角色或一段情節，不是從我自己的觀察或經歷中取得的；我仍然採取極端謹慎的態度，用種種不同的境況、層次和色彩把這些人物隱蔽起來，使人不可能多少準確地猜出他們是誰；而萬一發生相反情況的話，那僅僅是由於所刻畫的弱點實在微不足道，無非是些性格上的微瑕，那當事人和其他任何人都會一笑置之的。

——亨利・菲爾汀

6

史克理普．奧尼爾正在找工作。用雙手來幹活會是樁好事。他離開了那家小飯館，順著大街走去，走過麥卡錫理髮店。他沒有走進這家理髮店。這店看上去還是那麼吸引人，不過史克理普要的是工作。他在理髮店所在的街角一個急轉彎，走上佩托斯基的大馬路。那是條美觀、寬闊的大街，兩邊排列著由磚塊和壓製石塊築成的房子。史克理普沿著街道朝水泵製造廠坐落的那片城區走去。到了那廠門口，他覺得困惑了。難道這真是那家水泵製造廠？不錯，一連串的水泵正被搬出來，擱在雪地裡，工人們正把一桶桶水往上澆，以便結成一層冰來保護它們免受冬天冷風的損害，其作用跟任何油漆一樣好。不過這些真的是水泵嗎？也可能全是個騙局。這些搞水泵製造的是奸巧的傢伙啊。

「喂！」史克理普對一名正在朝一台新水泵上潑水的工人招招手，這水泵剛搬出來，看上去尚未完工，正帶著抗議的姿態豎立在雪地裡。「這些是水泵嗎？」

「到時候會成水泵的，」這工人說。

史克理普明白這正是那家廠了。這一點人家是騙不了他的。他走到門前。只見門上有一塊牌子：「**閒人莫入，指的就是你**」。

難道閒人就是指我嗎?史克理普拿不準。他敲了敲門，就走進去。

「我想找經理說話，」他說，悄悄地站在那半明不暗的燈光下。

工人們走過他的身邊，肩上扛著未完工的新水泵。他們走過時，哼著一段段歌曲。水泵上的手柄僵硬地晃動著，像是在作無聲的抗議。有些水泵上沒有手柄。也許這些畢竟可算是幸運兒吧，史克理普想。一個小個子走到他跟前。他體格健美，個子不高，肩膀寬闊，臉色嚴峻。

「你剛才說要找經理嗎?」

「是，先生。」

「我是這兒的工頭。我說了算。」

「你能雇人裁人嗎?」史克理普問。

「我雇人和裁人一樣輕而易舉，」工頭說。

「我要份工作。」

「有什麼經驗嗎?」

「水泵方面的可沒有。」

「不要緊，」工頭說。「我們讓你論件計酬。來，瑜伽，」他對一個工人叫道，那人正站在廠房的窗戶前望著外面，「指點這個新手去放好他的行李，教他如何在這地方走動。」工頭把史克理普上下打量了一下。「我是澳洲人，」他說。「希望你會喜歡這兒的條件。」他走開了。

這個名叫瑜伽・詹森的男人從窗戶走過來。「很高興認識你，」他說。他是個身材結實、體格健美的傢伙。這類型的男人，你幾乎在任何地方都見得著。他看上去似乎歷經滄桑。

「你那位工頭是我認識的第一個澳洲人，」史克理普說。

「哦，他不是澳洲人，」瑜伽說。「他不過在大戰中跟澳洲兵待過一陣子，這給了他很深的印象。」

「你參加過大戰？」史克理普問。

「是的，」瑜伽・詹森說。「我是從凱迪拉克城參軍的第一個。」

「該是一段相當重要的經歷吧。」

「對我來說意義重大，」瑜伽應道。「來吧，我帶你在廠裡轉一圈。」

史克理普跟隨著這人，由他帶著走遍了這水泵製造廠。廠區內很暗，但是很暖和。工人們打著赤膊，趁一台台水泵在一條循環的傳送帶上滾過時，用巨大的鉗子夾住水泵，剔出不合格的，把完美的水泵放在另一條循環的傳送帶上一直送進冷卻室。另外有些工人，多半是印第安人，光裹著圍胯布，用大錘和板斧砸碎不合格的水泵，立即把它們改鑄成斧頭、大車鋼板、滑動底板、子彈鑄型等，成爲這家大水泵製造廠的副產品。什麼都不浪費掉，瑜伽這樣指出。有一夥印第安男孩，小聲哼著一支部落裡古老相傳的頌歌，蹲在這巨大的鍛造車間一角，把鑄造過程中從水泵鑄件上鑿下的小碎片，加工成保安剃刀的刀片。

「他們光著身子幹活，」瑜伽說。「他們出廠時要搜身。有時候他們冒險把刀片藏起，隨身帶出去非法販賣。」

「這樣該會造成相當大的損失吧，」史克理普說。

「啊，不，」瑜伽回答。「檢查員們把他們差不多全抓住了。」

樓上另外一間房內，有兩個老頭在幹活。瑜伽把門打開。其中一個老頭從鋼框眼鏡上方一望，皺了下眉。

「你放進了穿堂風，」他說。

「關上門，」另一個老頭說，用的是老邁年高者那種抱怨的高音。

「他們是我們廠裡的兩位手藝人，」瑜伽說。「他們製造廠方送出去參加大規模國際水泵競賽的所有產品。你可記得我們在義大利獲得水泵獎的蓋世無雙水泵嗎？弗蘭基·道森就是在義大利給殺害的。」

「我在報上看到過報導，」史克理普應道。

「巴羅師傅，就是在那邊屋角的那一位，用手工一個人製成了蓋世無雙水泵，」瑜伽說。

「我用這把刀子直接從鋼料上刻出來的，」巴羅師傅說著，舉起一把剃刀模樣的短刃刀子。「花了我十八個月才把它搞好。」

「蓋世無雙水泵確實是台好水泵，沒錯，」這嗓音尖利的小老頭說。「不過我們眼下正在製作的這台，會叫任何外國水泵都聞風而逃，是不，亨利？」

「那位是蕭師傅，」瑜伽壓低了嗓門說。「他可說是當今世上最偉大的水泵製造者了。」

「你們兩個小伙子走吧，別來打擾我們，」巴羅師傅說。他正不住地在刻鋼料，每刻一下，他那雙虛弱的老手總要微微地抖一下。

「讓小伙子們觀看吧，」蕭師傅說。「你從哪兒來，小傢伙？」

「我剛從曼塞羅那來，」史克理普回答。「我妻子出走了。」

「哦，要再找一個可不會有什麼困難啊，」蕭師傅說。「你是個長相漂亮的小傢伙。不過聽我的忠告，慢著點兒吧。一個蹩腳的妻子可不比乾脆沒妻子強多少啊。」

「我可不願這麼說，亨利，」巴羅師傅用他的尖嗓音說。「照今天的世道看，任什麼妻子都算是滿好的妻子。」

「你聽我的忠告，小傢伙，慢慢兒來。這回給你自己弄一個好的吧。」

「亨利懂得些道理，」巴羅師傅說。「他知道自己講的話是有道理的。」他發出一陣尖利的格格笑聲。蕭師傅，那個老水泵製造者，臉紅了。

「你們兩個小伙子走吧，讓我們繼續做我們的水泵，」他說。「亨利跟我，我們有大量工作要做哪。」

「很高興認識你們，」史克理普說。

「來吧，」瑜伽說。「我還是讓你動手幹活的好，不然那工頭要釘住我不放囉。」

他讓史克理普在活塞卡圈室內做給活塞裝上卡圈的活兒。史克理普在那兒做了將近一年。從某些方面看，那是他一生中最快活的一年。從另外一些方面看，那是一場惡夢。一場駭人的惡夢。到頭來，他喜歡起這樣的生活來了。從另外一些方面看，他又恨這種生活。不知不覺的，一年過去了。他還在給活塞裝上卡圈。可是這一年中發生了什麼怪事啊。他常常爲這些事納悶。他如今簡直不假思索地在給一隻活塞裝上卡圈，一邊納悶，一邊聽著樓下傳來的哈哈笑聲，那些小印第安人正在那裡加工剃刀的刀片這種產品呢。他聽著聽著，喉頭湧起一團什麼東西，差點使他窒息。

7

那天晚上，在水泵製造廠中第一天上了工後，就是即將成為一連串沒完沒了地給活塞裝上卡圈這樣枯燥日子的第一天，史克理普又上那家小飯館去吃飯。整整一天，他都把那鳥兒藏起。直覺告訴他，那水泵製造廠可不是把鳥兒從身上拿出來的合適地方。那天中，鳥兒有幾次弄得他很難堪，但是他把衣服為牠擺弄了一下，甚至在襯衫上劃了一道小口子，讓鳥兒可以把牠的尖嘴伸出來吸點新鮮空氣。這時一天的活兒結束了。告一段落了。史克理普一路上小飯館去。史克理普很高興能用雙手幹活。史克理普想著那兩位製造水泵的老頭。史克理普前去跟那友好的女招待相處（**譯者按，此處海明威故意連用四次史克理普的名字，是為了戲仿女評論家史坦茵的風格**）。這女招待究竟是什麼人呀？她在巴黎有過什麼遭遇啊。他一定要多多瞭解一些關於這個巴黎的情況。瑜伽・詹森去過那裡。他要詰問瑜伽。引他開口。逼他暢談。要他講他的見聞。他在這方面是懂得一點訣竅的。

注視著佩托斯基港灣外上空的落日，只見那大湖這時已冰封，有些巨大的冰塊突出在防波堤上，史克理普順著佩托斯基的大街小巷，大步走到那小飯館。他很想請瑜伽．詹森一起去吃飯，可是不敢開口。爲時尚早。以後再說吧。總會水到渠成的。對付瑜伽這種人，不可倉猝行事。瑜伽究竟是什麼人呢？他當真參加過大戰？大戰對他意味著什麼？他當真是從凱迪拉克城去參軍的第一人嗎？凱迪拉克城究竟在哪兒呀？到時候都會弄明白的。

史克理普．奧尼爾打開小飯館的門，走進去。那個上了年紀的女招待正坐在椅子上看《曼徹斯特衛報》的海外版，這時站起身來，把報紙和鋼框眼鏡擱在現金出納機上。

「晚上好，」她直截了當地說。「真好，你又來了。」

史克理普．奧尼爾心中撲騰了一下。有種他無法形容的感觸兜上心頭。

「我工作了整整一天，」——他目視這上了年紀的女招待——「爲了您，」他補上一句。

「真太好了！」她說。然後羞澀地笑笑。「我也工作了整整一天——爲了您。」

史克理普眼睛裡湧出淚水。他心中又撲騰了一下。他伸手去握這上了年紀的女招待的手，於是她平靜端莊地把手擱在他的手中。「你是我的女人，」他說。她眼睛裡也湧出淚水。

「你是我的男人，」她說。

「我再說一遍：你是我的女人。」史克理普莊嚴地念出一個個字來。他心中又有些什麼東西好像斷裂了。他覺得忍不住要哭。

「這就算是我們的結婚儀式吧，」上了年紀的女招待說。史克理普捏了一把她的手。「你是我的女人，」他直截了當地說。

「你是我的男人，而且還不止是我的男人。」她凝視著他的眼睛。「你在我心目中就是整個美國。」

「我們走吧，」史克理普說。

「你還帶著那隻鳥嗎？」女招待問，把圍裙放在一邊，摺好那份《曼徹斯特衛報》的週末版。「我要把《衛報》帶上，如果你不介意的話，」她說著把報紙卷在圍裙內。「是新到的，我還來不及看。」

「我非常愛看《衛報》，」史克理普說。「從我記事起，我家一直訂的。我父親是英國首相格萊斯頓的熱烈崇拜者。」

「我父親和格萊斯頓是伊頓公學的同學，」上了年紀的女招待說。「我現在準備好了。」她已穿好一件上衣，站著等待出發，一手拿著她那圍裙、裝在黑色摩洛哥皮舊套子中的鋼框眼鏡，和那份《曼徹斯特衛報》。

「你沒有帽子？」史克理普問。

「沒有。」

「那我來給你買一頂，」史克理普柔聲說。

「就算你的結婚禮物吧，」上了年紀的女招待說。她眼睛裡又閃著淚花。

「那現在我們可以走了，」史克理普說。

上了年紀的女招待從櫃台後面走出來，他們手拉著手，雙雙大步走進夜色中。

小飯館裡，那黑人廚師把小窗朝上推開，從廚房中朝外望。「他們走了，」他格格地笑著說。「走進夜色中去了。好啊。好啊。好啊。」他輕輕地關上小窗。連他也覺得有點兒感動了。

8

半小時後，史克理普．奧尼爾和那上了年紀的女招待以夫婦的身分回到小飯館。小飯館看上去沒變什麼樣。還是那座長櫃台、小鹽瓶、糖缸、瓶裝番茄醬、瓶裝英國辣醬油。還有內通廚房的那扇小窗。櫃台後邊站著一名臨時接替的女招待。她是個胸部豐滿、喜形於色的女郎，她圍著條白圍裙。櫃台前坐著一名旅行推銷員，在看一份底特律出版的報紙。這旅行推銷員在吃一客T骨牛排加油煎馬鈴薯。史克理普和這上了年紀的女招待生活中發生了如此美好的事情。這時他們餓了。他們想吃東西了。

這上了年紀的女招待望著史克理普。史克理普望著這上了年紀的女招待。旅行推銷員看他的報紙，偶爾倒一些番茄醬在油煎馬鈴薯上。那另一名女招待，曼迪，圍著新上漿的白圍裙，站在櫃台後面。窗子上結著霜花。店堂內暖洋洋的。寒氣隔在店外。史克理普的那隻鳥，這會兒羽毛相當凌亂，正蹲在櫃台上，用嘴舌在整理羽毛。

「原來你們回來了，」那女招待曼迪說。「聽廚子說你們出去夜遊了。」上了年紀的女招待瞧著曼迪，眼睛一亮，嗓音平靜，說話帶著比較深沉、比較洪亮的音色。

「我們現在是夫妻了，」她和藹可親地說。「我們剛結婚。你晚餐想吃些什麼，史克理普，親愛的？」

「我不知道，」史克理普說。他依稀覺得不安。他心中有什麼東西在撲騰。

「也許你黃豆吃得夠了吧，親愛的史克理普，」上了年紀的女招待，他現在的妻子說。旅行推銷員把目光從報紙上向上抬。史克理普看出那是底特律的《新聞報》。那是份好報紙。

「你在看的是份好報紙，」史克理普對旅行推銷員說。

「是份好報紙，《新聞報》，」旅行推銷員說。「你們兩位在度蜜月？」

「對，」史克理普太太說，「我們現在是夫妻了。」

「呃，」旅行推銷員說，「這樣做是椿大好事兒。我本人也是個有婦之夫。」

「是嗎？」史克理普說。「我前妻出走了。那是在曼塞羅那發生的事。」

「我們別再談這事了，史克理普，親愛的，」史克理普太太說。「你把這段經歷講過不知多少次啦。」

「對，親愛的，」史克理普表示同意。他依稀覺得信不過自己。他心中有什麼東西，在什麼角落中撲騰。他望了望那個名叫曼迪的女招待，她圍著新上漿的白圍裙，直挺俏立，顯得十分健美。他注視著她的雙手，健康、文靜、能幹的雙手，在克盡她女招待份內的種種職責。

「來一客這種T骨牛排加油煎馬鈴薯吧，」旅行推銷員建議。「他們這兒有上好的T骨牛排。」

「你想來一客嗎，親愛的？」史克理普問他妻子。

「我只要來一碗加牛奶的薄脆餅就行了，」上了年紀的史克理普太太說。「你要什麼就點什麼吧，親愛的。」

「你的薄脆餅加牛奶來了，戴安娜，」曼迪說，把它放在櫃台上。「你要T骨牛排嗎，先生？」

「好吧，」史克理普說。他心中又有什麼東西在撲騰。

「煎得透點還是嫩一點？」

「嫩一點，謝謝。」

女招待轉身湊著小窗叫：「單人茶。牛排要嫩一點。」

「謝謝你，」史克理普說。他瞧著這位女招待曼迪。她有份天賦，講起話來有聲有色，這個女郎。正是這種講起話來有聲有色的特點，當初使他被他現在的妻子所吸引。這一點，加上她那離奇的出身經歷。英格蘭，那湖泊地區。史克理普陪同華茲華斯大步走遍湖泊地區。一大片金黃色的水仙。風在溫德米爾湖上吹刮。遠方，也許吧，有隻公鹿陷入了困境。啊，這可是在更遠的北方，在蘇格蘭哪。他們是個能吃苦耐勞的民族，這些蘇格蘭人，深藏在他們那些山間要塞內。哈里．勞德和他的風笛。蘇格蘭高地兵團在大戰中。為什麼他，史克理普，沒有參加那場大戰？這正是那傢伙瑜伽．詹森比他強的地方。大戰本來能對他，史克理普，具有重大的意義。為什麼他沒有參加呢？為什麼他沒有及時聽說這場大戰呢？也許他當時年齡太大了吧。不過且瞧瞧那位法國老將軍霞飛。他當然比這位老將軍要年輕吧。福煦將軍為勝利祈禱。法國部隊列隊跪在貴婦路上，為勝利祈禱。德國人念叨「上帝與我們同在」。多麼拙劣的模仿啊。他當然不比那位法國將軍福煦年齡還大吧。他思量著。

那女招待曼迪把他要的T骨牛排加油煎馬鈴薯擱在他面前的櫃台上。就在她放下盤子時，有那麼一剎那，她一隻手碰了一下他的手。史克理普感覺到心中一陣奇特的刺激。生活展開在他面前。他還不是個老人。為什麼現今沒有戰爭呢？也許是有的。人們在中國打著仗，中國人，中國人在自相殘殺。為了什麼？史克理普納悶。這究竟是怎麼回事。

胸脯豐滿的女招待曼迪彎身向前。「聽著，」她說，「我有沒有給你講過作家亨利．詹姆斯的臨終遺言？」

「說真的，親愛的曼迪，」史克理普太太說，「你把那回事已經一講再講，講的次數太多啦。」

「還是聽聽吧，」史克理普說。「我對亨利．詹姆斯非常感興趣。」亨利．詹姆斯，亨利．詹姆斯。這傢伙離開了自己的祖國到英國去跟英國人生活在一起。他幹嘛要這樣做？為了什麼原因他拋棄了美國？難道他的根不是在這兒嗎？他的哥哥威廉。波士頓。實用主義。哈佛大學。老約翰．哈佛鞋子上有著銀鞋扣。查利．布里克萊。埃迪．馬漢。他們如今在哪裡？

「說起來，」曼迪開口講了，「亨利．詹姆斯臨終時在病床上成爲英國臣民。就在此時，英國國王一聽說亨利．詹姆斯成爲英國臣民，馬上就把他有權授予的最高級獎章——功績勳章，派人送了去。」

「功績勳章，」上了年紀的史克理普太太說。

「正是這個勳章，」那女招待說。「戈斯和聖茨伯里這兩位教授陪同那個送勳章的人一起前去。亨利．詹姆斯躺在他臨終的病床上，雙眼緊閉。床邊小桌上點著一支蠟燭。那護士允許他們走到床邊，他們就把勳章的綬帶掛上詹姆斯的脖子，那勳章垂在亨利．詹姆斯胸前蓋著的被單上。兩位教授彎身向前，把勳章的綬帶拂平。亨利．詹姆斯始終沒有張開過眼睛。護士吩咐他們必須全都離開這房間，他們就走出房去。等他們全走了，亨利．詹姆斯對護士說話了。他始終沒張開過眼睛。『護士，』亨利．詹姆斯說，『把蠟燭滅了，護士，免得你看見我臉紅。』這就是他所說的臨終遺言。」

「詹姆斯真是位好作家，」史克理普說。說也奇怪，他被這段情節深深打動了。

「你每次講的都不大相同，親愛的，」史克理普太太對曼迪說。曼迪眼睛裡噙著淚水。

「我對亨利．詹姆斯懷著十分強烈的好感，」她說。

「詹姆斯怎麼啦？」那旅行推銷員問。「難道對他來說，美國不夠好嗎？」

史克理普在思忖著曼迪這女招待。她應是有極好的出身背景，這女孩！知道那麼多的趣聞軼事！如能得到這樣的女人相助，一個人當能大有作爲！他摸摸蹲在他面前櫃台上的那隻小鳥。鳥兒啄啄他的手指。這小鳥是頭鷹吧？也許是頭獵鷹吧，從密西根州某一家大獵鷹養殖場裡來的。牠也許是頭知更鳥吧？大清早在什麼地方的綠草坪上拉扯一條蟲子吧？他思忖著。

「你這鳥兒叫什麼名字？」旅行推銷員問。

「還沒起名呢。你看叫牠什麼？」

「幹嗎不叫牠埃里爾呢？」曼迪問。

「或者叫普克，」史克理普太太插話說。

「什麼意思？」旅行推銷員問。

「那是莎士比亞作品中的一個角色，」曼迪解釋說。

「哦，饒了這隻鳥兒吧。」

「那你看叫牠什麼？」史克理普轉向旅行推銷員問道。

「他不會是頭鸚鵡吧，是嗎？」旅行推銷員問。「是鸚鵡的話，就叫牠波莉吧。」

「《乞丐的歌劇》中有個角色就叫波莉，」曼迪解釋道。

史克理普思忖著。也許這鳥兒是隻鸚鵡。從某位老小姐的什麼舒適家庭中走失的一隻鸚鵡。那是新英格蘭某位老處女的未開墾的處女地啊。

「還是等你看清了牠變成什麼鳥兒再說吧，」旅行推銷員建議說。「你有的是時間給牠起名啊。」

這個旅行推銷員有的是好主意。他，史克理普，可連這鳥兒的性別也不知道。究竟牠是隻小公鳥還是隻小母鳥呢。

「等到看牠下不下蛋就知道了，」旅行推銷員提出個看法來。史克理普緊盯著這旅行推銷員的眼睛不放。這傢伙把我本人沒有說出口的想法都講出來啦。

「你見多識廣，旅行推銷員，」他說。

「說起來，」旅行推銷員謙虛地承認，「我這些年來到處推銷可沒白跑啊。」

「你這話可說對了，夥計，」史克理普說。

「你弄到了一隻好鳥，老兄，」旅行推銷員說。「你想要好好保留這隻鳥吧。」

這史克理普是知道的。唉，這些個旅行推銷員真見多識廣。在我們這遼闊廣大的美國國土上跑來跑去。這些旅行推銷員的眼光想必十分敏銳。他們可不是傻瓜。

「聽著，」旅行推銷員說。他把壓在前額上的圓頂呢帽朝後一推，彎身向前，朝擱在他圓凳邊的黃銅高痰盂中唾了一口。「我來給你們講一段有一天在灣城碰到挺美好的豔遇吧。」

曼迪，那名女招待，彎身向前。史克理普太太朝這旅行推銷員彎過身去要聽得清楚些。旅行推銷員對史克理普帶著歉意地望望，用食指摸摸那鳥兒。

「改天向你講吧，老兄，」他說。史克理普會意。從廚房內，通過店堂牆上的小窗，傳出一陣調門很高、迴腸盪氣的笑聲。史克理普傾聽著。這可能是那個黑人的笑聲嗎？他思忖著。

9

每天早晨，史克理普慢吞吞地上水泵製造廠去上工。史克理普太太從窗口朝外望，注視著他順著大街走去。如今不大有空看《衛報》了。不大有空看有關英國政局的消息了。不大有空去為大洋對面法國的內閣危機操心了。法國人真是個奇特的民族。聖女貞德。伊娃·勒加利納。克列孟梭。喬治·卡龐捷。薩奇·吉特里。伊風·普林騰。格洛克。弗拉泰利尼家族。吉爾伯特·塞爾台斯。《日晷》。《日晷》獎。瑪麗安·莫爾。愛·埃·康明斯。《龐大的房間》。《浮華世界》。主編弗蘭克·克朗寧希德。這一切是怎麼回事？要把她引導到什麼地方去啊？

她如今有個男人了。一個屬於她自己的男人。為她自己而出現的。她能保得住他嗎？能把他一直擁為己有嗎？她思忖著。

史克理普太太，以前是個上了年紀的女招待，現在是史克理普的妻子，他在水泵製造廠裡有份好工作。戴安娜．史克理普。戴安娜是她本人的名字。也曾是她母親的名字。戴安娜．史克理普朝鏡子中望去，心想不知道能不能保得住他。這一點已開始成問題了。爲什麼他竟然會結識曼迪呢？她是否有勇氣就此不再陪史克理普一起上那家餐廳去吃飯？她不能陪他去了。不過他會一個人去的。這一點她明白。要想捂住自己的眼睛不看是沒有用的。他會一個人去，而且會跟曼迪攀談。戴安娜朝鏡子中望去。她能保得住他嗎？她能保得住他嗎？這個想法就此擺脫不掉了。每一晚在那家餐廳，她如今不能再叫它小飯館了——想到這一點就使她喉嚨裡有個疙瘩，使她覺得喉頭僵硬、窒息。如今每一晚在那家餐廳，史克理普跟曼迪一起攀談。這女孩子在竭力把他搶走。他，她的史克理普。竭力把他搶走。把他搶走。她，戴安娜，能保得住他嗎？

她簡直是個無賴，這個曼迪。難道可以這樣做嗎？難道該可以幹這碼子事嗎？去追另一個女人的男人？在夫妻之間插上一腳？破壞一個家庭？而且全靠扯這些沒完沒了的文壇舊聞。這些講不完的趣聞軼事。史克理普給曼迪迷住了。戴安娜暗自承認這一點。不過她還是可能保住他的。現在至關緊要的就是這一樁了。要保住他。要保住他。不能放他走。要使他待下來。她朝鏡子中望去。

戴安娜訂閱《論壇》。戴安娜看《導師》。戴安娜看《斯克里布納氏雜誌》上威廉．費爾普斯的文章。戴安娜在這個寧靜的北方城市踏過結凍的大街上走向公共圖書館，去看《文摘》的「書評欄」。戴安娜等郵差送來《讀書人》。戴安娜，在雪地裡，等郵差送來《星期六文學評論》。戴安娜，這會兒沒戴帽子，正站在越來越大的風雪中，等郵差給她送來《紐約時報》的「文學版」。這樣做有什麼好處嗎?這樣做能保住他嗎?

乍看正是如此。戴安娜把名家約翰．法勒寫的社論背了下來。史克理普臉露喜色。這時有些兒早先的光芒閃現在史克理普的眼睛裡。隨後就消逝了。在用詞上犯下的一點小錯、她對一個短語的理解方面犯下的失誤、她在看法方面的某種分歧，使一切聽上去顯得虛假。然而她要堅持下去。她沒有被打垮。他是她的男人，她要保住他。她把目光從窗外移開，裁開擱在桌上的那份雜誌的包裝封套。那是份《哈珀斯氏雜誌》。革新版的《哈珀斯氏雜誌》。面目一新且經過修訂的《哈珀斯氏雜誌》。也許這能奏效。她琢磨著。

10

春天快來臨了。空氣中可感到春意了。（作者注——這是本書早在第一頁上開始時的同一天。）外面刮著奇努克風。工人們正從廠裡出發回家。史克理普的那隻鳥兒在籠中鳴唱。戴安娜在敞開的窗口向外望著。戴安娜等著看到她的史克理普從大街上走來。她能保住他嗎？她能保住他嗎？如果她保不住他，他會把他的鳥兒留給她嗎？

她近來常覺得無法保住他。這一陣子，每天晚上她一碰史克理普的身子，他就翻過身去，並不對著她。這是個小跡象，但生活正是由種種小跡象所組成的。她覺得無法保住他。她這時望著窗外，有一份《世紀雜誌》從她神經麻木的手中掉下。《世紀》換了個新編輯。增加了木刻插圖。葛蘭·弗蘭克到某地的什麼名牌大學去當領導人了。那份雜誌的人員中另添了幾位姓范多侖的。戴安娜心想這樣做也許能奏效。很幸運，她翻開那份《世紀》，看了整整一個早晨。後來那風，那暖洋洋的奇努克風，刮起來了，她知道史克理普就要回家了。正沿著大街走來的男人數量增加了。史克理普在其中嗎？她不想戴上眼鏡來看看清楚。她要史克理普第一眼看到她的最佳狀態。隨著她覺得他越走越近了，她曾對《世紀》抱有的信心變得微弱了。她曾多麼強烈地希望這樣做可以給她一些什麼能保住他的東西。她現在沒把握了。

史克理普跟一大幫心情激動的工人在大街上走來。他們被春光所撩撥。史克理普揮動著他的手提飯盒。史克理普對工人們揮手告別，他們一個個開進一家從前開過酒館的地方。史克理普並不抬頭朝窗子望。史克理普登上樓梯。史克理普越走越近了。史克理普越走越近了。史克理普到了。

「下午好，親愛的史克理普，」她說。「我剛才在看魯絲・蘇科寫的一個短篇。」

「你好，戴安娜，」史克理普應道。他擱下手提飯盒。她看上去憔悴而顯老。他大可以對她客氣一點。

「這短篇都寫了些什麼，戴安娜？」他問。

「寫的是愛荷華州一個小女孩的事，」戴安娜說。她朝他迎上前去。「寫的是鄉下老百姓的事。使我有點兒想起我那家鄉湖泊地區。」

「是這樣嗎？」史克理普問。水泵製造廠使他變得多少冷酷起來了。他講的話變得斬釘截鐵了。更像冷酷的北方工人慣常的談吐了。但他的想法沒有變。

「你要我給你念一點兒聽聽嗎？」戴安娜問。「還有些可愛的木刻插圖呢。」

「到那小飯館去怎麼樣？」史克理普說。

「就照你的意思吧，親愛的，」戴安娜說。接著她的嗓音變了。「但願——唉，但願你壓根兒沒到過那個地方！」她擦掉淚水。史克理普竟然沒看到她的淚水。「我來把鳥兒帶上，親愛的，」戴安娜說。「牠一整天沒出去過。」

他們一起沿著大街向那小飯館走去。他們現在並不手拉手地走了。他們走起路來就像所謂老夫老妻的樣子了。史克理普太太拎著鳥籠。鳥兒在暖風中覺得愉快。街上男人蹣跚地一路走著，陶醉在春光裡，走過他們身邊。好多人對史克理普說話。他如今在本城很有名氣，受人愛戴。有幾個人一路蹣跚地走過，對史克理普太太抬抬帽子致禮。她神情茫然地回禮。要是我能保住他就好了，她這樣想著。要是我能保住他就好了。他們在這北方城市狹窄的人行道上半融化的積雪中一路走去，她頭腦裡有什麼東西在撲騰起來。也許正是兩人一起邁步的節拍吧。我保不住他。我保不住他。我保不住他。

他們跨越馬路時，史克理普握住了她一條胳臂。他的手一碰上她的胳臂，戴安娜就知道真是這麼回事。她絕對保不住他。一幫印第安人在街頭走過他們身邊。他們在笑她，還是在講什麼部落的笑話呢？戴安娜說不上。她只感到自己頭腦裡在打著拍子。我保不住他。我保不住他。

作者注：

給讀者而不是給印刷商看的。對印刷商又有什麼大不了呢？印刷商又是何許人呢？古騰堡。古騰堡聖經。卡克斯頓。十二點光字面卡斯隆活字。整行鑄排機。作者小時候曾給派去找活字蝨子。作者青年時代曾給派去找印版的鑰匙。啊，他們是懂得耍些把戲的，這些個印刷商。

（也許讀者開始感到困惑了，我們實在現在已回到了本書開始時的場合，瑜伽．詹森和史克理普．奧尼爾正在那水泵製造廠內，外面正刮著奇努克風。你們知道了，史克理普這時從水泵製造廠下了班，正和他妻子一路上那小飯館去，而她生怕自己保不住他。就個人而言，我們並不以為她能保住他，不過讀者會自己作出判斷的。我們現在要把這對夫婦撇下在去小飯館的路上，回頭來談瑜伽．詹森。我們要讀者喜歡上瑜伽．詹森。這故事從現在起要進展得稍微快一點了，免得有哪位讀者感到厭倦。我們還將試圖插入許多精彩的趣聞軼事。如果我們告訴讀者這些趣聞軼事中最精彩的是從福特．默多克斯．福特那裡得來的，是否可算違背保守秘密的諾言呢？我們應該向他致謝，我們希望讀者也這麼做。不管怎麼說，我們現在要繼續談瑜伽．詹森了。瑜伽．詹森，讀者也許還記得，就是那個參加過大戰的傢伙。本書開始時，他剛從那水泵製造廠中走出來。〔見〈春潮〉第三頁。〕）

用這個方法來寫，把故事倒過來開始講，十分困難，因此作者希望讀者能認識到這一點，對這段簡短的解釋不至於感到不滿。我知道自己會非常樂於拜讀讀者曾寫下的任何東西，並且希望讀者也作出同樣的考慮。假如任何一位讀者願意提供給我他曾寫下的任何東西，要求聽取批評意見或建議的話，我每天下午總是在圓頂咖啡館，跟哈樂德・斯特恩斯和辛克萊・路易斯談論文藝，所以讀者可以把自己寫的東西隨身帶來，或者把它寄給我存款的銀行轉交給我，如果我有家存款銀行的話。好吧，如果讀者作好了準備——要知道，我是絲毫不願催促讀者的——我們就回頭來談瑜伽・詹森吧。不過請記住，當我們回頭談瑜伽・詹森時，史克理普・奧尼爾和他妻子正一路走向那小飯館。他們在那邊會有什麼遭遇，我可不知道。我只希望讀者可以幫我一把。）

第三部

大戰中的男人們以及社會的消亡

同樣可以指出的是，矯揉造作並不含有對那些矯揉造作的特性加以徹底否定之意；因此，話得說回來，遇到這是出於偽善時，它就幾乎和欺騙有不解之緣了；然而如果僅僅是來自虛榮心，它就帶有炫耀的性質：譬如說，愛慕虛榮者矯揉造作地裝出慷慨大方的樣子，和貪得無厭者同樣矯揉造作的表現是顯然不同的，因為儘管那愛慕虛榮者並不和他存心裝出的那副樣子相符，換句話說，並不擁有他假裝出來的那份美德，也達不到人家以為他擁有的程度；然而對他倒比較合適，並不像對那貪得無厭者那樣彆扭，而這個貪得無厭者卻正是和他存心要讓人看到的那種形象截然相反的。

——亨利・菲爾汀

11

瑜伽・詹森從水泵製造廠工人出入的門裡走出來，順著大街走去。空氣中帶著春意。雪在融化，溝渠裡淌著雪水。瑜伽・詹森順著街道中央走，一直踩著至今尚未融化的冰雪走。他朝左拐彎，跨過熊河上的橋樑。河面上的冰早已融掉，他注視著棕色的流水在打旋。下面，河道旁邊，柳樹叢上在綻出嫩綠的新芽了。

這是道地的奇努克風，瑜伽想。那工頭讓工人們走是做對了。這種日子把他們留下是不安全的。什麼亂子都可能發生。這工廠的主人算是多少懂得好歹。奇努克風一刮起來，就該讓大家離開工廠。這樣，萬一有什麼人受傷的話，責任就不在他身上了。他沒有因觸犯雇主責任條例給抓去過。他們多少懂得好歹，這些個大水泵製造商。他們滿精明，沒錯。

瑜伽很擔心。他有點兒心事。春天來了，現在是毫無疑問了，可是他並不想要女人。他近來爲這一點擔足了心事。這是毫無疑問的。他並不想要女人。他無法對自己解釋。他上一晚去過公共圖書館，想找一本書。他望了望那位圖書管理員。發現他並不想要她。不知怎的，她在他心目中毫無意義。在他買飯菜票用餐的那家飯店裡，他曾狠狠地盯望過那名給他端飯菜來的女招待。他也並不想要她。他走過一群從中學一路走回家的女孩身邊。他把她們仔細地看個遍。他並不想要其中的哪一個。可以肯定地說，他出了什麼毛病。他即將精神崩潰嗎？這就是末日嗎？

呃，瑜伽心想，也許從此不想要女人了，儘管我希望不是這樣；可是我還保留著對馬兒的愛好。他正在爬上熊河邊那座陡峭的小山，山路一直通往上夏勒瓦的大路。這條山路實在並不太陡，但是瑜伽覺得很陡，感到兩條腿受到了春天的影響，很是沉重。他面前有一家糧食飼料店。店門前拴著一組漂亮的拉車馬匹。瑜伽朝牠們走去。他想摸摸牠們。要使自己安心，畢竟還留下些值得的東西。他走上前去，靠近他的那匹馬對他看著。瑜伽伸手到口袋裡去掏一塊方糖。他沒有方糖。馬兒把豎起的雙耳朝後倒，齜了齜牙。另一頭馬兒猛地把腦袋扭開去。難道他對馬兒的愛只能得到這樣的回報嗎？也許這些馬兒畢竟有什麼毛病吧。也許牠們患著鼻疽或者跗節肉腫。也許馬蹄柔軟的蹄楔中嵌進了什麼東西。也許牠們是情侶。

瑜伽繼續登山，朝左拐上通夏勒瓦的大路。他經過佩托斯基郊區最後一些房屋，走上開曠地上的大路。他右邊有一片田野，一直伸展到小特拉弗斯灣。蔚藍的海灣之水朝外展開，匯入遼闊的密西根湖。海灣的對面，港泉城後邊有些長著松林的小山。再過去，在目力及不到的地方，有印第安人聚居的十字村。從那地方再朝北，就是麥基諾海峽和聖伊格納斯城，在水泵製造廠跟瑜伽・詹森並肩幹活的奧斯卡・加德納在該城曾經歷過一次奇特的豔遇。再過去就是蘇聖瑪利城，分屬加拿大和美國。佩托斯基那幫較爲放浪不羈的傢伙有時上那邊去喝啤酒。他們當初多開心啊。在遠遠的地方，朝另一個方向，密西根湖的南端有芝加哥，史克理普・奧尼爾在他那第一次婚姻成爲泡影的多事之夜，曾動身去過那裡。那兒附近有印第安那州的蓋里城，那兒有些大煉鋼廠。那兒附近有印第安那州的哈蒙德。那兒附近有印第安那州的密西根城。再過去該是印第安那州的印弟安納波里斯了，名作家布思・塔金頓就住在那兒。關於這傢伙，他得到的情況資料不太對頭。再往南該是俄亥俄州的辛辛那提。從那兒再過去是密西西比州的維克斯堡。從那兒再過去是德克薩斯州的韋科。啊！我們這個美國的幅員真是遼闊無垠。

瑜伽跨過大路，在一堆原木上坐下，從那兒可以眺望那大湖。不管怎麼樣，大戰結束了，他還活著。

頭天晚上那圖書管理員給了他一部由安德森那傢伙寫的書，其中有個人物。他究竟爲什麼不想要那管理員呢？難道是因爲他以爲她也許裝著副假牙嗎？難道是因爲什麼別的原因嗎？會有個小孩子去告訴她嗎？他說不上。反正這管理員跟他有什麼相干？

安德森作品中的這個人物。他也當過兵。他在前線待了兩年，安德森寫道。他叫什麼來著？弗雷德什麼的。這個弗雷德頭腦裡有些念頭在翻騰——是恐懼之感。有一夜，在作戰的時期中，他外出遊行——不，那是巡邏——在真空地帶，見到黑暗中有個人跌跌撞撞地一路走著，就朝那人開了槍。那人一頭朝前倒斃在地。這是弗雷德唯一的一次蓄意殺人。在戰爭中你不會大量殺人的，那本書上這麼寫著。真該死，怎麼不會啊，瑜伽想，如果你當步兵在前線待過兩年的話。人們就那麼死去。他們確實是這樣，瑜伽想。安德森認爲那次殺人就弗雷德而言，簡直是歇斯底里的行爲。他和跟他在一起的士兵們原可以逼那傢伙投降的。他們全都犯了神經緊張的毛病。出了這次事後，他們全都一起逃亡了。他們究竟逃到了哪兒？瑜伽很想知道。巴黎嗎？

後來，槍殺此人這碼子事使弗雷德老是想不開。這該是又甜美又真實的事兒。士兵們就是這麼想的，安德森寫道。真該死，哪會是這樣。這個弗雷德可據說在前線的步兵團待過兩年哪。

有兩個印第安人在路上一路經過，小聲咕噥著，而且是衝著彼此的。瑜伽向他們打招呼。印第安人走過來。

「白人大酋長有口嚼菸草？」一個印第安人問。

「白人酋長帶著酒？」另一個印第安人問。

瑜伽遞給他們一包無敵牌菸草和他那只隨身帶的扁酒瓶。

「白人酋長囤積了挺多藥品，」印第安人咕噥道。

「聽著，」瑜伽．詹森說。「我要給你們講幾句關於大戰的事兒。這個話題是我感觸非常深的。」印第安人在原木堆上坐下來。有一個印第安人指指天空。「大神馬尼托高高在上空，」他說。

另一個印第安人對瑜伽眨眨眼。「白人酋長聽到什麼屁話都不相信，」他咕噥道。

「聽著，」瑜伽．詹森說。於是他給他們講關於大戰的事兒。

大戰對他來說並不是那麼回事，瑜伽對這兩個印第安人說。大戰對他來說像是足球。美式足球。人家在大學裡玩的那種。卡萊爾的印第安學校也玩。兩個印第安人都點點頭。他們進過卡萊爾那家學校。

瑜伽當過橄欖球中鋒，而大戰跟這個簡直是一回事，叫人極端地不愉快。你玩橄欖球拿到了球的時候，就彎下上半身，雙腿分開，把球按在身子前面的地上；你得聽取信號，加以解讀，然後把球恰當地傳給別人。你必須始終念念不忘。你雙手握著球的時候，對方的中鋒就站在你的面前，等你傳球時，他抬起一隻手朝你臉上啪的打來，用另一手一把抓住你下巴的下面或者插進你的肘間窩，竭力把你朝前拉，或者朝後推，以便形成一個空檔可以讓他穿過去，打破陣勢。你呢，就該拚命衝上前去，用身子把他硬撞出守衛的陣線，使兩人都倒在地上。優勢全在他的一方。你可沒法把這玩意說成是有趣的事兒。你握著球的時候，優勢全在他的一方。唯一的好事是等他握住了球，你就可以對他胡來了。這一來彼此扯平了，而且有時候竟能得到某種寬容的心情。橄欖球和戰爭一樣，是叫人不愉快的；等你的心腸變得相當硬了，才會感到鼓舞和刺激，而最主要的難處在於得記住種種信號。瑜伽想的是戰爭，而不是軍隊。他是指戰鬥。軍隊可是另一回事。你可以順著它，隨波逐流，要不，跟它頂撞，它就把你毀了。軍隊是荒謬的玩意，戰爭可是另一回事。

瑜伽並不對他所殺的那些人念念不忘。他知道自己曾殺了五個人。可能還殺得更多。他不相信他殺過的人會使他念念不忘。如果你在前線待了兩年就不會這樣。他認識的人大多在殺第一個人時激動極了。麻煩的卻是別讓他們殺得太多。困難的是如何把俘虜送回去給那些要對俘虜作鑒定的人。你派一個人送兩名俘虜回去；也許派兩個人送四名俘虜回去吧。結果怎麼樣？他們回來了，說俘虜們被密集火力報銷了。他們往往拿刺刀朝俘虜褲子的後襠碰一下子，等俘虜一跳就說，「你想逃跑，你這母狗養的」，就直朝他後腦勺一槍打去。他們喜歡要確定殺死了。再說，他們不願通過什麼該死的火力網回去。才不願哪。他們是從澳洲兵那兒學到這套規矩的。說到底，這些德國兵算得上什麼呀？一幫子天殺的蠻子而已。「蠻子」，今天聽來像是個搞笑的詞兒。這一套又甜美又真實的事兒。如果你在那邊待過兩年的話，就不會這樣想了。到了最後他們會心腸軟下來。對過火的行爲感到內疚，怕自己也被打死，就開始幹些好事來積德了。不過這是當兵的第四階段，變得溫和的階段。

一個參加大戰的好戰士，心情是這樣發展的：最初，你很勇敢，因爲你認爲任何東西都不會打中你，因爲你本人是什麼特殊材料做成的，所以你知道自己是絕對不會死的。後來你發現不是這麼回事。於是你真心感到恐懼，不過如果你是個好戰士的話，就還能跟過去一樣地盡職。後來，等你受了傷，但是沒有被殺死，隨著新兵到來，也通過你的那種思想轉變過程，你就心腸變得硬起來，成爲一個鐵石心腸的好戰士。接著是第二次精神崩潰，那要比第一次糟糕得多，到這時候，你才會開始做好事，做個菲力浦・西尼爵士式的小伙子，在天堂中積累財富。同時，當然還是始終跟過去一樣盡職。這就好像是一場美式足球一樣。

不過誰也沒理由來寫該死的戰爭，除非他至少根據道聽塗說知道些情況。文學對人們思想的影響太強了。拿美國作家薇拉・凱瑟來說吧，她寫了部戰爭小說，書中的最後部分全部取材於《一個國家的誕生》的情節，美國各地的退役軍人卻紛紛寫信給她，告訴她他們多麼喜歡這本書。

一個印第安人睡著了。他剛才咀嚼過菸草，睡著了嘴巴還嚅起著。他正靠在另一個印第安人的肩上。這個醒著的印第安人指指睡著的印第安人，搖搖頭。「哦，你覺得我講的長篇大論怎麼樣？」瑜伽問這個醒著的印第安人。

「白人酋長的好主意多的是，」印第安人說。「白人酋長的教育程度高死了。」

「謝謝你，」瑜伽說。他感動了。就在這兒純樸的土著居民中，這些僅剩的真正美洲人中，他找到了那種真正的交流。印第安人望著他，小心地扶住了那睡著的印第安人，免得他的腦袋倒在積著雪的原木堆上。

「白人酋長參加了大戰？」印第安人問。

「我在一九一七年五月在法國登陸，」瑜伽開口講道。

「我憑白人酋長講話的樣子就想也許參加過大戰，」印第安人說。「他呀，」他抬起那睡著的夥伴的腦袋，這一來夕陽的餘輝照上了他的臉，「他得了維多利亞十字勳章。我呢，我得了優異服務勳章和帶金杠的軍功十字勳章。我是第四C・M・R・的少校。」

「很高興認識你，」瑜伽說。他感到異樣地羞愧。天色越來越黑了。在密西根湖面遠方水天相接的地方還有一線夕陽。瑜伽注視著這窄窄的一線夕陽變成暗紅色，變細，成爲一道狹縫，然後消逝。太陽掉到湖面下去了。瑜伽從原木堆上站起身來。印第安人也站起來。他弄醒他的夥伴，於是剛才在睡覺的那個印第安人站起身來，望著瑜伽·詹森。

「我們上佩托斯基去參加救世軍，」那個個兒較大、比較清醒的印第安人說。

「白人酋長也去，」那個個兒較小、剛才在睡覺的印第安人說。

「我陪你們一起去，」瑜伽應道。這兩個印第安人是什麼人呀？他們對他意味著什麼？

太陽下去了，雪水泥濘的路面在硬化。又在結冰了。畢竟，也許春天還沒到來呢。也許他並不想要女人亦沒什麼大不了的。既然春天或許還未到來，那麼要不要女人倒成了問題了。他要跟這兩個印第安人一起走進城，找個美麗的女人，試試看要不要跟她好。他轉身拐上這條如今已冰封的大路。那兩個印第安人在他身邊一路走著。三個人全朝著同一方向走去。

12

三個人在夜色中順著這結凍的大路走進佩托斯基。他們在這結凍的大路逕自走來，一直默默無言。他們的鞋子踩破了新結起的冰層。有時候瑜伽・詹森一腳踏穿一層薄冰，陷進一個水潭。兩個印第安人則避開了水潭。

他們走下山坡經過那家飼料店，跨過熊河上的那座橋，靴子在結了冰的橋板上發出空洞洞的聲音，他們登上小山，經過拉姆齊醫生的住宅和那家家庭茶室，一直走到彈子房。在彈子房門前，兩個印第安人停了步。

「白人酋長打彈子嗎？」那大個子印第安人問。

「不打，」瑜伽・詹森說。「我的右臂在大戰中給弄殘了。」

「白人酋長運道不好，」那小個子印第安人說。「來一局對號落袋彈子戲吧。」

「他雙臂雙腿在伊普爾給打斷了，」大個子印第安人對瑜伽悄聲說。「他敏感得很。」

「好吧，」瑜伽．詹森說。「我來打一局。」

他們走進那炎熱的瀰漫著暖烘烘的煙霧的彈子房。他們弄到了一張彈子台，從牆上取下球桿。那小個子印第安人伸手去取下他的球桿時，瑜伽注意到他裝著兩條假臂。它們是用棕色皮革做的，兩條都是扣在手肘上。在這平坦的綠呢台上，在明亮的電燈光下，他們玩了起來。一小時半以後，瑜伽．詹森發現他已欠了這小個子印第安人四元三毛錢。

「你打得真不賴，」他對小個子印第安人說。

「大戰以來我打得不及以前好了，」小個子印第安人應道。

「白人酋長想喝點兒酒嗎？」大個子印第安人問。

「你到哪兒喝去啊？」瑜伽問。「我要喝得去希博伊根。」

「白人酋長陪紅人哥兒們走吧，」大個子印第安人說。

他們離開彈子台，把球桿放在牆上的擱架上，在櫃台前付了賬，就走出到夜色中。

一條條黑黝黝的街道上，人們在悄悄地走回家去。霜凍開始了，把什麼東西都凍結得又硬又冷。那吹來的風其實不是道地的奇努克風。春天還沒來臨，那些已開始縱酒作樂的人被寒冷的天氣掃了興，這寒氣對他們表明，他們以為的奇努克風卻是假的。那名工頭，瑜伽想，明天要倒楣了。也許這全是那幫水泵製造商策劃的把戲，為了解雇這名工頭。這種事情是發生過的。穿過黑夜，一小群一小群人在悄悄地走回家去。

那兩個印第安人和瑜伽一起走著，一邊一個。他們拐上一條小街，三個人在一座看上去有點像馬房的房子前停了步。那正是一座馬房。兩個印第安人開了門，瑜伽跟著他們走進去。有架梯子朝上通往上面的那層樓。馬房裡很黑，有個印第安人劃了根火柴讓瑜伽看清梯子。那小個子印第安人先爬上去，兩條假腿上的金屬鉸鏈在他登樓時嘎吱作響。瑜伽跟隨他上樓，另一個印第安人最後登梯，劃了一根根火柴為瑜伽照明所走的路。小個子印第安人在梯子靠牆頂端的天花板上敲了敲。有人應聲也敲了一下。小個子印第安人應聲再敲，在他頭頂的天花板上清脆地敲了三下。天花板上有扇活板門被抬了起來，他們就都向上爬進那間點著燈的屋子。

屋子一角有只吧台，前面有道黃銅橫杆，擱著幾隻高高的痰盂。吧台後面安著一面大鏡子。室內四下放著些安樂椅。還有一張彈子台。一邊牆上掛著一行夾在木桿報夾中的雜誌。牆上掛著一幅裝著鏡框的名詩人亨利・華德華斯・朗費羅親筆簽名的畫像，框上圍著美國國旗。有幾個印第安人正坐在安樂椅上看書。有一小群人站在吧台前。

「很好的小俱樂部，呃？」有個印第安人走上前來說，跟瑜伽握手。「我差不多每天在水泵製造廠見到你。」

在廠裡，他是在一台靠近瑜伽的機器前幹活的工人。另一個印第安人走上前來，跟瑜伽握手。他也在水泵製造廠內幹活。

「真倒楣，這陣奇努克風，」他說。

「是啊，」瑜伽說。「一場虛驚罷了。」

「過來喝一杯吧，」那第一個印第安人說。

「我跟人家一起來的，」瑜伽應道。這些印第安人究竟是什麼人呢？

「把他們也帶過來吧，」第一個印第安人說。「多個把人，總能坐得下的。」

瑜伽朝四下一望。帶他來的那兩個印第安人不見了。他們在哪兒呀？隨後他看見了。他們在彈子台邊。這個彬彬有禮跟瑜伽說話的高個兒印第安人隨著他的目光望去，會意地點點頭。

「他們是林地印第安人，」他用辯解的口氣作解釋。「我們這兒的多半是城市印第安人。」

「對，當然啦，」瑜伽表示同意。

「那個小傢伙的戰績十分出色，」有教養的高個兒印第安人說。「另外那傢伙也是位少校，我記得。」

瑜伽由這個彬彬有禮的高個兒印第安人一直領到吧台前。吧台後邊站著那個酒保。他是個黑人。

「來點狗頭牌麥芽酒怎麼樣？」印第安人問。

「好，」瑜伽說。

「兩杯狗頭牌，布魯斯，」印第安人對酒保說。酒保爆發出一陣格格的笑聲。

「你笑什麼，布魯斯？」印第安人問。

黑人爆發出一陣蕩氣迴腸的尖聲大笑。

「我早知道的，紅狗老大，」他說。「我早知道你總是要狗頭牌的。」

「他是個生性愉快的人，」印第安人對瑜伽說。「我該作自我介紹。我名叫紅狗。」

「敝姓詹森，」瑜伽說。「瑜伽．詹森。」

「噢，我們都相當熟悉你的大名，詹森先生，」紅狗帶著微笑說。「我想跟你介紹我這幾位朋友，坐牛先生、中毒水牛先生和朝後奔臭鼬酋長。」

「坐牛這名字我知道，」瑜伽說，跟他們一一握手。

「啊，我可不是那和白人打過大仗的坐牛，」坐牛先生說。

「朝後奔臭鼬酋長的曾祖父從前出售整個曼哈頓島給白人，拿到了幾串貝殼幣，」紅狗解釋。

「真太有趣了，」瑜伽說。

「對我家來說，這點兒貝殼幣真是貴重，」朝後奔臭鼬酋長帶著懊惱的苦笑說。

「朝後奔臭鼬酋長還保留著一些這種貝殼幣。你可想看看？」紅狗問。

「說實話，我很想看看。」

「實在跟別的貝殼幣沒什麼兩樣，」朝後奔臭鼬不以為然地解釋。他從口袋裡拉出一串貝殼幣，遞給瑜伽．詹森。瑜伽好奇地看著。這串貝殼幣在我們這美國起過這麼大的作用啊。

「你可喜歡拿一兩串貝殼幣做個紀念？」朝後奔臭鼬問。

「我可不想拿你的貝殼幣，」瑜伽不好意思要。

「它們本身實在沒什麼價值，」朝後奔臭鼬解釋，從那一串上取下一兩枚貝殼。

「它們的價值對朝後奔臭鼬家其實是感情上的，」紅狗說。

「你真是太客氣了，朝後奔臭鼬先生，」瑜伽說。

「這算不上什麼，」朝後奔臭鼬說。「等會兒你也會對我這樣做的。」

「你太客氣了。」

吧台後邊，那個黑人酒保布魯斯一直朝前彎著身子，看那些貝殼幣給遞來遞去。他那張黑臉容光煥發。猛然間，沒作任何解釋，他爆發出一陣高入雲霄的、不加遏制的大笑。出自黑人的那種黑色的笑。

紅狗銳利地望著他。「我說，布魯斯，」他語氣尖刻地說；「你的笑有點兒不合時宜。」

布魯斯止了笑，拿塊毛巾擦了把臉。他抱歉地轉動著眼珠子。

「唉，憋不住啊，紅狗老大。我看到屋後茅房的臭鼬先生把那幾串貝殼幣遞來遞去，就實在再也沒法忍下去了。他幹嘛爲了那幾串貝殼幣就把像紐約那樣的大都市出賣呀？貝殼幣嘛！把你們的貝殼幣拿走！」

「布魯斯是個怪人，」紅狗解釋，「不過他是個了不起的酒保和好心腸的傢伙。」

「你這話說對了，紅狗老大，」酒保朝前彎著身子說。「我有顆十足純金的心。」

「不過他還是個怪人，」紅狗表示歉意。「那房屋管理委員會一直要求我另找一名酒保，可我就是喜歡這傢伙，說來也滿怪的。」

「我是沒問題的，老闆，」布魯斯說。「不過就是看到了什麼有趣的事兒就忍不住要發笑。你知道我是毫無惡意的，老闆。」

「說得好，布魯斯，」紅狗表示同意。「你是個說一不二的傢伙。」

瑜伽．詹森朝室內四下一望。另外那幾個印第安人已從吧台邊跑開了，朝後奔臭鼬正在把貝殼幣給一小群剛進來的穿著晚禮服的印第安人看。那兩個林地印第安人還在彈子台邊玩著。他們脫掉了上衣，彈子台上方的電燈照在小個子林地印第安人那兩條假臂的金屬關節上，閃閃發亮。他一連贏了十一盤。

「那小傢伙要不是在大戰中碰到了點兒惡運，準能成爲一名打彈子高手，」紅狗發表意見說。「你可想到這俱樂部的各處看看嗎？」他從布魯斯手中接過帳單，簽上了字，瑜伽就跟隨他走進隔壁房間。

「我們的會議室，」紅狗說。只見四面牆上掛著裝在鏡框裡的本德爾酋長、弗蘭西斯．派克曼、戴．赫．勞倫斯、邁耶斯酋長、斯圖爾特．愛德華．懷特、瑪麗．奧斯丁、吉姆．索普、卡斯特將軍、葛蘭．華納、馬貝爾．道奇的親筆簽名照，還有一幅亨利．華德華斯．朗費羅的油畫全身像。

會議室再過去是間更衣室，有一個不太大的浴池或者可說是游泳池吧。「對一家俱樂部來說，真是小得不像話，」紅狗說。「不過如果晚上過得很沒勁，這倒是個可以跳進去舒服一下的小池子。」他微微一笑。「我們管它叫棚屋，你知道。這是我本人小小的得意之作。」

「是個相當出色的俱樂部，」瑜伽熱情洋溢地說。

「樂意的話可以提名讓你加入，」紅狗提出建議。「你屬於哪個部落？」

「你什麼意思？」

「你的部落。你是什麼——索克族的『狐人』？吉布瓦族？克里族，我看是吧。」

「喔，」瑜伽說。「我的父母是瑞典人。」

紅狗對他仔細端詳。兩眼瞇起。

「你不是在哄我吧？」

「不。他們是瑞典人或者挪威人，」瑜伽說。

「我早該看出你長得有點兒白種人的味道，」紅狗說。「這一點能及時真相大白，確是天大的好事。否則不知道會招來多少閒話啦。」他伸出一手按在頭上，噘起了嘴。「聽著，你，」他猛地轉過身來，一把揪住瑜伽的馬甲。瑜伽感到有支自動手槍的槍口硬梆梆地頂在他的肚子上。「你悄悄地走出這間會議室，拿上你的大衣和帽子就給我走人，只當沒出過什麼事兒。如果遇到有人跟你說話，客客氣氣地對他說聲再見。而且絕對不要再來。聽懂了吧，你這瑞典佬。」

「懂了，」瑜伽說。「收起你的槍。我可不怕你有槍。」

「照我說的做，」紅狗下命令了。「至於那兩個把你帶來打彈子的傢伙，我就會把他們趕出去的。」

瑜伽走進那間燈光明亮的屋子，望望吧台，只見那酒保布魯斯正在那兒打量著他，他就拿了帽子和大衣，對朝後奔臭鼬說了聲再見，臭鼬還問了聲幹嘛這麼早就走，而布魯斯正把通外面的活板門朝上拉開。瑜伽拔腳走下梯子，這黑人爆發出一陣大笑。「我早看出了，」他笑著說。「我一開頭就看出了。哪個瑞典佬也騙不了老布魯斯。」

瑜伽回頭望去，只見那黑人那張在大笑的黑臉，給框在了透過拉起的活板門射下的長方形燈光圈中。一踏上這馬房的地面，瑜伽就朝四下望望。只有他孤零零一個人。這舊馬房中的麥稈踩上去很硬，已結凍了。他剛才去了什麼地方？到過一家印第安人的俱樂部嗎？這一切是怎麼回事呀？難道就這麼結束了？

他上方的天花板上漏下一狹道燈光。接著就被兩個黑黝黝的身體擋住了，只聽得砰的一腳，啪的一拳，一連串重擊聲，有幾聲沉悶，有幾聲清脆，接著就有兩個人形的東西從梯子上嘩啦啦地滾下來。從上面飄下一陣縈繞在人們耳際的黑色笑聲，由黑人發出的黑色笑聲。

那兩名林地印第安人從地上的麥稈上爬起身來，一瘸一拐地朝門口走去。其中的一個，那小個子，在哭。瑜伽跟隨他們走進外面的寒夜。天氣很冷。夜色晴朗。星星都露面了。

「俱樂部一點也不好，」那大個子印第安人說。「俱樂部大大的不好。」

那小個子印第安人在哭。瑜伽就著星光，看清他弄丟了一條假臂。

「敝人從此不打彈子了，」小個子印第安人抽泣著說。他朝俱樂部的窗子揮揮留下的那條胳膊，窗內漏出了一狹條燈光。「俱樂部真該死，大大的不好。」

「別放在心上，」瑜伽說。「我來給你在水泵製造廠找份工作。」

「水泵製造廠，算了吧，」大個子印第安人說。「我們都去加入救世軍吧。」

「別哭了，」瑜伽對那小個子印第安人說。「我給你買條新胳膊。」

那小個子印第安人還是哭下去。他在積雪的路面上坐下來。「不能打彈子了，敝人什麼都不在乎了，」他說。

從他們上方，從俱樂部的窗子裡傳出那縈繞在人們耳際的，一個黑人的笑聲。

作者致讀者的註

假如也許有什麼歷史價值的話，我樂於說明我直接在打字機上用兩個小時就寫成了上面的那一章，然後跟約翰．帕索斯一起出去吃中飯，我認為他是個十分有說服力的作家，而且是個分外討人喜歡的傢伙。這就是外地所謂的相互吹捧。我們中飯吃了醋溜鯡魚卷、麵拖板魚、紅酒洋蔥燉野兔、蘋果果醬，拿一瓶一九一九年的蒙特拉雪干白葡萄酒，照我們過去常用的說法（呃，讀者？），把這些東西全灌下肚去，連同那道薰魚，並且每人還喝了瓶一九一九年的博訥濟貧院紅葡萄酒，和那燉野兔肉一起吃。我記得，約翰．帕索斯先生跟我吃蘋果果醬（英語叫apple sauce）時合喝了一瓶尚貝坦干紅葡萄酒。我們喝了兩杯陳的果渣釀白蘭地，決定不上圓頂咖啡館去談文論藝，便各自回自己的家，而我就寫下了下面的那一章。我希望讀者能特別注意到本書中那些不同角色的錯綜複雜的生活線索，如何給集合在一起，然後在小飯館中那一幕叫人難忘的場面中給固定下來。正是等我把這一章朗讀給約翰．帕索斯先生聽時，他叫道，「海明威，你寫了一部傑作。」

又及——由作者致讀者

正是在這節骨眼上，讀者，我要試圖把那股能表明本書確乎是部偉大作品的磅礴氣勢寫進去。我知道你們跟我一樣，讀者，多麼希望我能捕捉這磅礴氣勢，因為考慮到這一點，對我們雙方都意義重大。H．G．威爾斯先生曾來我們家作客（我們搞文學這行當頗有進展，呃，讀者？），他有天對我們說，也許我們的讀者，那就是你啊，讀者——且想想看，大名鼎鼎的H．G．威爾斯先生竟就在我們家談起你。不管怎麼說，H．G．威爾斯對我們說，也許我們的讀者不大會認為這部小說是自傳性的。對不起，讀者，請把這個想法從你頭腦裡排除掉吧。我們曾在密西根州佩托斯基住過，這是確實的，而且很自然的有許多角色正是從我們當時的生活中取材的。不過他們是些另外的人，都不是作者本人。作者只在這些短注中才在本書裡露面。不錯，在動筆寫這小說前，我們花了十二年研究這北方好幾種不同的印第安方言，而在十字村的博物館裡，至今還保存著我們翻譯的《新約全書》奧吉布瓦語譯本。不過換了你，讀者，處在我們的地位也會這樣做的，所以我想，如果你仔細想想，就會跟我們在這一點上意見一致了。現在且回頭來談這部小說吧。如果我說你根本都想不到，讀者，這下面的一章將如何難寫，那確是存心出於最真摯的友好情誼來講的。說句老實話吧，而我正是力求在有關這些事上做到真誠坦白的，我現在根本還不準備動筆，要等到明天才寫。

第四部

一個偉大民族的消亡以及美國人的形成和敗壞

不過也許有人會對我提出異議，說我違背了自己的規則，在這部作品中提供了道德敗壞的事例，而且是一種非常惡劣的類型。對此，我要這樣回答：首先，要深入探討一系列人的行為而又要迴避這種事例，是十分困難的。其次，在書中能找到的道德敗壞事例，乃是某些人性的弱點或瑕疵所造成的偶然性後果，而不大是出於心靈上存在的習慣性原因。第三，這些事例絕對不是作為嘲笑的對象而是作為憎惡的對象來加以陳述的。第四，這些人絕對不是當時的主要登場人物；而最後，他們絕對沒有造成預謀的惡果。

——亨利・菲爾丁

13

瑜伽·詹森順著靜悄悄的大街走去，手臂勾住那小個子印第安人的肩膀。那大個子印第安人跟他倆並肩走著。寒夜。城中那些上了門板的房屋。那小個子印第安人，他弄丟了一條假臂。那大個子印第安人，他也參加過大戰。瑜伽·詹森呢，同樣參加過大戰。他們三個走啊，走啊，走啊。他們上哪兒去呀？他們能上哪兒去呀？還能有什麼指望啊？

街角上有盞路燈在一根下垂的電線上晃蕩著，把燈光投射在雪地上，大個子印第安人突然在燈下停了步。「趕路不會把我們領到什麼地方去，」他咕噥道。「趕路沒用。讓白人酋長說話吧。我們上哪兒，白人酋長？」

瑜伽·詹森不知道何去何從。顯而易見，趕路解決不了他們的問題。趕路本身沒錯。考克西失業請願軍。當時一大幫人要尋找工作，向華盛頓推進。進軍的人們，瑜伽想。不斷地進軍，進軍，但是他們要上哪兒去呀？什麼地方也沒有。瑜伽對這一點再清楚也沒有了。什麼地方也沒有。根本是什麼鬼地方也沒有。

「白人酋長開口講吧，」那大個子印第安人說。

「我說不上，」瑜伽說。「我根本不知道。」難道這就是他們爲之打那場大戰的原因嗎？難道這就是那回事的一切嗎？看來正是如此。瑜伽站在那街燈下。瑜伽思忖著。那兩個印第安人穿著麥基諾厚呢上衣。其中的一個有只空袖子。他們全都在思忖著。

「白人酋長不說？」大個子印第安人問。

「對。」瑜伽能說什麼呢？有什麼可說的呢？

「紅人哥兒們來講？」印第安人問。

「講出來吧，」瑜伽說。他低頭望著地上的積雪。「現下什麼人都一個樣囉。」

「白人酋長可曾去過布朗小飯館？」大個子印第安人問，在弧光燈下緊盯著瑜伽的臉。

「沒有，」瑜伽感到沮喪極了。難道就這麼完了？一家小飯館。算了，一家小飯館也跟別的任何地方沒什麼差別吧。可是一家小飯館。呃，幹嘛不去呢？這些個印第安人熟悉這個城市。他們是復員軍人。他們倆都立下過赫赫戰功。這一點他自己明白。可是一家小飯館。

「白人酋長陪紅人哥兒們一起去吧，」高個兒印第安人把一條手臂伸進瑜伽的臂彎。小個子印第安人跟他們齊步行進。「向小飯館進發，」瑜伽悄聲說。他是個白人，可是受夠了委屈他才明白。說到底，白種人也許並不總是高高在上的吧。眼下有穆斯林的叛亂。東部不太平。西部鬧亂子。南部看來光景暗淡。如今又北部發生了這種情況。這情況要把他帶到什麼境地？

這一切在朝著什麼方向發展？想要一個女人，能對他有好處嗎？春天終究會來到嗎？說到底，這樣做値得嗎？他思忖著。

他們三人在佩托斯基條條冰封的街道上大步走著。這時是有著目的地的。在途中。作家惠斯曼寫過的小說。讀法文原著該是很有意思的。他有天該試一試。巴黎有條街就是以惠斯曼命名的。就在女評論家格特魯德·斯坦茵的住處拐一個彎的地方。啊，這個女人真了不起！她那些文字實驗把她引導到了什麼地步啊？歸根結柢這是怎麼回事呀？這一切發生在巴黎。啊，巴黎。且說要去巴黎有多遠。巴黎的早晨。巴黎的黃昏。巴黎的夜晚。巴黎又是早晨了。巴黎的正午。也許吧。幹嘛不呢？瑜伽·詹森大步向前走。他的心思永遠平靜不下來。

他們三人一齊大步向前走。有手臂的人，手臂都勾住了彼此的手臂。紅種人和白種人一起步行。有什麼事兒使他們走到一塊來了。是那場大戰吧？是命運吧？是意外吧？又或僅僅是機遇吧？這些疑問，在瑜伽·詹森頭腦裡此起彼落，互相爭執。他的頭腦疲倦了。他近來想得太多了。他們繼續大步向前走。後來，他們一下子停了步。

小個子印第安人抬頭望著那招牌。它在那小飯館外結著霜花的窗子上閃亮著。「**試試便知**」。

「大大的試試看吧，」小個子印第安人咕噥道。

「白人開的小飯館有好多出色的T骨牛排，」高個兒印第安人咕噥道。「相信紅人哥兒們的話吧。」兩個印第安人站在門外，有點兒拿不定主意的樣子。高個兒印第安人轉身對著瑜伽。「白人酋長有美鈔嗎？」

「對，我帶著錢，」瑜伽回答。他作好準備把這事幹到底。現在可沒法回頭了。「我來請客，小伙子們。」

「白人酋長天生大好心人，」高個兒印第安人咕噥道。

「白人酋長粗中有細，」小個子印第安人表示同意。

「你們也會對我這樣幹的，」瑜伽表示不以爲然。也許這畢竟是這麼回事。他在碰運氣。他一度在巴黎碰過運氣。斯蒂夫．勃洛第碰過運氣。也許只是人家說說。全世界每一天都有人在碰運氣。在中國，中國人在碰運氣。在非洲，非洲人。在埃及，埃及人。在波蘭，波蘭人。在俄羅斯，俄羅斯人。在愛爾蘭，愛爾蘭人。在亞美尼亞——

「亞美尼亞人不碰運氣，」高個兒印第安人悄聲咕噥道。他講出了瑜伽沒說出口的疑問。他們是挺機靈的紅人。

「連做地毯生意也不碰運氣？」

「紅人哥兒們認爲不碰，」那印第安人說。他的口氣在瑜伽聽來富有說服力。這兩個印第安人究竟是何許人也？這一切，箇中有些什麼玄虛吧。他們走進這小飯館。

作者致讀者的註

本故事講到這個節骨眼上，讀者，《大亨小傳》作者斯各特．費茲傑羅先生有天下午來到我們家，待了一段相當長的時間後，突然在壁爐前坐了下來，一時不願（還是沒法呢，讀者？）站起來，給爐火添些什麼別的東西來使室內保持暖和。我知道，讀者，這一類情節有時候並不會出現在一個故事中，可是它們畢竟在發生，且想想看，這對你我這樣的人，在這文學遊戲中意味著什麼。如果你以為本書的這一部分並不像原來可以達到的程度那樣完美，那就請記住，讀者，這一類情節正每天每日在全世界發生。讀者啊，我對費茲傑羅先生懷著最大的敬意，只要有任何人敢於攻擊他，我將第一個跳出來捍衛他，這還用得著我來說嗎！而且這也包括你在內，讀者，儘管我老大不願這樣直截了當地說出口來，並且冒著風險，怕會破壞一份像我們之間應該建立起的那種美好的友誼。

又及——致讀者

我把這一章通讀了一遍，讀者，覺得並不太壞。你也許會喜歡的。我希望你喜歡。如果你的確喜歡，讀者，並且也同樣喜歡本書的其餘部分，你可願意跟你的朋友們談起本書，並且竭力使他們就像你那樣也去買一本呢？每賣掉一本，我只能拿到兩毛錢，可是儘管兩毛錢在當今不算怎麼了不起，然而如果賣掉二三十萬冊的話，數目累積起來會是筆鉅款的。如果每個人喜歡本書達到像你我那樣的程度，讀者，那麼就也會是筆鉅款的。聽著，讀者。我說過我樂於看看你寫的任何作品，我是認真的。那不光是說說而已。把你的作品帶來，我們來一起好好看一遍。如果你樂意，我可以替你把有些小段落重寫一下。我可不是說用任何挑剔的眼光來這樣做。如果本書中有你不喜歡的什麼地方，只消寫信給斯克里布納三兒子出版公司總部就行。他們會給你作修改的。或者，如果你寧願要我本人來修改，我也會幹的。你知道我對你的看法，讀者。而且你對我關於斯各特．費茲傑羅說的話也並不覺得惱火或者不安，是嗎？我希望並不。我現在要動手寫下一章了。費茲傑羅先生走了，多斯．帕索斯先生已去了英國，而我想我能向你保證這會是特棒的一章。至少會是盡我力能寫得多好就多好的。我們雙方都知道能有多好，如果我們看到該書護封上廣告語的話，不是嗎，讀者？

14

小飯館裡。他們全都在這小飯館內。有些人並沒有看見別人。每個人都專注著自己。紅種男人專注著紅種男人。白種男人專注著白種男人或者白種女人。那裡沒有紅種婦女。難道再也沒有印第安婦女了嗎？印第安婦女怎麼啦？我們在美國已經失去印第安婦女了嗎？靜悄悄地，有個印第安婦女從她打開的店門走進屋來。她的衣著只有一雙舊的鹿皮軟幫鞋。她背上揹著個嬰孩。一條壯實的狗跟隨她一起走著。

「別看！」那旅行推銷員對吧台前的婦女們一聲大叫。

「來！把她攆出去！」小飯館老闆大叫。那印第安婦女被黑人廚子強行驅逐出去。大家聽到她在外面雪地上四處走動的聲音。她那條壯實的狗在汪汪叫。

「我的天！這會惹起什麼衰事來啊！」史克理普・奧尼爾用一條餐巾抹著自己的腦門。

那些印第安人臉色冷漠無情地注視著。瑜伽・詹森剛才動彈不得。女招待們拿餐巾或者不管什麼近在手邊的東西遮住了臉。史克理普太太拿《美國信使》遮住了雙眼。史克理普．奧尼爾頭腦發暈，身子發抖。那個印第安婦女走進屋時，彷彿有某些感觸，某些模糊的原始感情在他心裡翻騰。

「不知道這印第安婦女是從哪兒來的？」旅行推銷員問。

「她是我的印第安女人，」小個子印第安人說。

「老天爺啊，夥計！你就不能給她穿上衣服嗎？」史克理普．奧尼爾壓低聲音說。他的話裡帶有驚駭的意味。

「她不愛穿衣服，」小個子印第安人作解釋。「她是林地印第安人。」

瑜伽．詹森沒有在聽。有什麼東西在他內心裡破裂了。那印第安婦女走進屋時，有什麼東西啪地斷裂了。他產生了一種新的感受。一種他原以為已經一去不復返的感受。一去不會再來了。失去了。永遠消逝了。他這才明白這是種錯覺。他如今沒問題了。僅僅出於偶然，他明白過來了。如果這個印第安婦人從來沒有走進過這小飯館，他什麼念頭不會有呢？他剛才在思忖的是怎樣陰鬱的念頭啊！他正處在自殺的邊緣。自我毀滅。殺害自己。就在這小飯館內。這會是何等樣的大錯啊。他現在明白了。他差一點把生活弄得一團糟。殺害自己。現在讓春天來吧。讓它來吧。來得再快也不為過。讓春天來吧。他作好準備了。

「聽著，」他對那兩個印第安人說。「我想把我在巴黎的某樁豔遇講給你們聽。」

兩個印第安人把身子朝前靠。「白人酋長發言吧，」那高個兒印第安人發表意見說。

「我起先還以爲我在巴黎遇到了一次十分美好的豔遇呢，」瑜伽開口說。「你們印第安人瞭解巴黎嗎？好。行了，結果卻成了我一輩子碰到過的最惡劣的經歷。」

兩個印第安人咕噥了一聲。他們瞭解他們見過的巴黎。

「那是我假期的第一天。我正在馬爾塞布林蔭大道上走著。有輛汽車駛過我的身邊，有個美女把頭探出車窗。她叫喚我，我就走過去。她帶我到一幢房子，更確切些說是座大廈，在巴黎的一個偏僻地區，那兒我體驗了一段十分美好的豔遇。事後有人把我從一扇和我進屋時不同的門裡送出去。那美女曾向我說她將永遠、她將永遠不能再和我見面。我想把那大廈的門牌號碼記下來，可是它不過是那個街區許多看上去一模一樣大廈中的一座。

「此後一直到我假期結束，我總想再見見這位美女。有一回我自以爲在戲院裡看到了她。結果不是她。還有一回我又看到了一個我以爲是她的女人，在一輛開過的計程車裡，就跳上另一輛計程車追去。那計程車卻不見了。我陷入絕望。最後，在我假期的倒數第二夜，我感到絕望而無聊死了，就跟一個自稱能保證帶你去逛遍巴黎的導遊一起出去。我們出發去觀光了各種各樣的地方。『你帶我去的地方盡在於此了嗎？』我問那導遊。

「『還有一個貨真價實的地方，不過收費很貴，』導遊說。我們最後講定了一個價錢，那導遊就帶我去。那地方在一座舊的大廈內。你從牆上的一道狹縫朝裡望。沿著這牆有不少人透過狹縫朝裡望。在那裡，透過狹縫可以望見所有協約國軍方穿各種軍服的男人，還有不少穿晚禮服的南美洲俊男。我也透過一道狹縫望著。一時什麼事也沒發生。隨後有個美女帶著一位年輕的英國軍官走進房來。她脫掉裘皮長大衣和帽子，把它們扔在一把椅子上。那軍官在解下他的山姆．布朗武裝帶。我認出了她。她就是那位我那段豔遇發生時跟我在一起的美女。」瑜伽．詹森望著他那隻豆子已吃光的空盤子。「自此以後，」他說，「我就始終沒有想要過女人。我受到了多大的傷害，我說不清楚。可是我受到了傷害，哥兒們，我真受到了。我把這事歸咎於大戰。我歸咎於法國。我歸咎於普遍的道德敗壞。我歸咎於那年青的一代。我歸咎於這個，我歸咎於那個。現在我痊癒了。這五塊錢給你們，哥兒們，」他雙眼閃閃發亮。「再弄點東西吃吃。上什麼地方去旅遊一番。這是我一輩子最開心的日子。」

他從櫃台前的圓凳上站起身，憑著衝動，跟一個印第安人握握手，把一隻手在另外那個印第安人肩上擱了一會兒，打開小飯館的門，大步走進夜色中。

兩個印第安人望著彼此。「白人酋長是大大的好人，」那大個子印第安人發表意見。

「你看他參加過大戰嗎？」小個子印第安人問。

「我拿不準，」大個子印第安人說。

「白人酋長說過要給我買條新的假臂哪，」小個子印第安人抱怨道。

「也許你已經得到比這個更多了，」大個子印第安人說。

「我不知道，」小個子印第安人說。他們繼續吃東西。

在這小飯館的櫃台的另一端，一段婚姻關係就快結束了。

史克理普．奧尼爾和他妻子並肩坐著。史克理普太太這時明白了。她保不住他。她努力過，失敗了。她完蛋了。她知道這是場必敗的比賽。如今沒法保住他了。曼迪又在講話了。講著。講著。老是講著。那些沒完沒了、滔滔不絕的文壇閒話使得她，戴安娜的婚姻就快完蛋了。她保不住他。他要飛走了。飛走了。從她身邊飛走。戴安娜愁苦地坐在那兒。史克理普在聽曼迪講話。曼迪講著。講著。講著。那旅行推銷員，如今儼然是個老朋友了，那旅行推銷員，坐著看他的底特律《新聞報》。她保不住他。她保不住他。她保不住他。

那小個子印第安人從這小飯館櫃台前的圓凳上站起身來，走到窗前。窗玻璃上結滿了厚厚的白霜。小個子印第安人哈了口熱氣在這結霜的窗框玻璃上，拿他的麥基諾厚呢上衣那隻空袖子擦掉那一灘白霜，朝外面的夜色中望去。他突然從窗前一轉身，衝到外面的夜色中。那高個兒印第安人看他走了，慢條斯理地吃完飯，拿起一支牙籤，插進牙縫中，然後跟隨他的朋友也走進夜色中。

15

這時小飯館裡只留下他們這幾個人了。史克理普和曼迪和戴安娜。只有那旅行推銷員陪著他們。他如今是個老朋友了。不過今晚他神經緊張不安。他陡地摺好報紙，拔腳朝門口走去。

「大夥兒再見了，」他說。他走到外面的夜色中。看來只有這樣做了。他就做了。

這時只剩他們三個人在這小飯館裡了。史克理普和曼迪和戴安娜。只有這三個人了。曼迪在講話。倚在櫃台上，在講話。史克理普兩眼盯著曼迪。戴安娜這時並不假裝在聽了。她知道已經完了。如今一切都完了。但是她還想再試一次。最後英勇地再試一次。也許她還能保住他。也許這一切不過是一場夢。她把穩了嗓音，然後開口說話。

「史克理普，親愛的，」她說。她的嗓音有點兒發抖。她努力穩住了嗓門。

「你有什麼想法？」史克理普陡地問。啊，講出來了。又講這一套可怕的簡短的話了。

「史克理普，親愛的，難道你不想回家嗎？」戴安娜的嗓音發著抖。「有一份新的《信使》。」她完全是爲了討好史克理普，才不訂倫敦出的《信使》，改訂《美國信使》了。「剛剛寄到。希望你想要回家，史克理普，這期《信使》上有篇了不起的東西。就回家吧，史克理普，我從沒對你提出過什麼要求。回家吧，史克理普！唉，難道你不願回家？」

史克理普抬眼一望。戴安娜的心速加快了。也許他會走的。也許她還保得住他。保得住他。保得住他。

「就回去吧，史克理普，親愛的，」戴安娜輕柔地說。「上面有篇孟肯寫的妙不可言的社論，內容是關於推拿專家的。」

史克理普望著別處。

「你不願走嗎，史克理普？」戴安娜懇求道。

「不走，」史克理普說。「我不再在乎什麼孟肯不孟肯了。」

戴安娜垂下頭去。「唉，史克理普，」她說。「唉，史克理普。」這下子完蛋了。她現在找到答案了。她失去了他。失去了他。失去了他。這事過去了。結束了。完蛋了。她坐著悄悄地哭。曼迪又在講話了。

戴安娜突然挺直了身子。她有個最後的請求要提出。她要對他提出一個要求。只此一個。他也許會拒絕。他也許不會答應。但是她要向他提出。

「史克理普，」她說。

「有什麼問題？」史克理普煩躁地轉過身來。也許他畢竟覺得對不起她。他思忖著。

「我可以拿走這隻鳥嗎，史克理普？」戴安娜的嗓音突然變了。

「當然可以，」史克理普說。「有什麼不可以的？」

戴安娜拎起鳥籠。鳥兒熟睡著。用一條腿兒站著，就像他們初次相識的那一晚那樣。牠像什麼來著？啊，對了。像隻老鴞。一隻來自她家鄉湖泊地區的老而又老的鴞。她把鳥籠緊緊地貼在身上。

「謝謝你，史克理普，」她說。「謝謝你給我這隻鳥。」她的嗓音突然變了。「現在我該走了。」

悄悄地，靜靜地，她把披巾緊裹在身，抓住了鳥兒熟睡在內的鳥籠，把那份《信使》貼在胸前，只回頭瞥上一眼，對曾屬於她的史克理普瞥上最後一眼，便打開小飯館的門，走進外面的夜色中。史克理普竟然沒有看見她走。他全神貫注地在聽曼迪講話。曼迪又在講話了。

「那隻她剛剛拿走的鳥兒，」曼迪講著。

「哦，她拿走了一隻鳥嗎？」史克理普問。「把這軼事講下去吧。」

「你一向納悶那是隻什麼鳥，」曼迪繼續說。

「說得對，」史克理普表示同意。

「呃，這叫我想起一則有關戈斯和布蓋侯爵的軼事，」曼迪繼續說。

「講一講吧，曼迪。講一講吧，」史克理普敦促道。

「是這樣，我有個好朋友福特，你聽我以前提起過的，大戰期間在那侯爵的城堡裡待過。他的團隊就駐紮在那邊，而那侯爵，英國最富有的人之一，如果還不能算是最最富有的話，正在福特的團隊裡當一名小兵。有一晚，福特坐在那間書房裡。那間書房是個不同凡響的地方。四面的牆壁是用一塊塊金磚嵌在花磚什麼的中間砌成的。我想不起來究竟是怎麼樣的了。」

「講下去，」史克理普敦促道。「想不起沒關係。」

「不管怎麼說吧，那書房一面牆壁的中央嵌著一隻玻璃框，裡面放著一隻剝製的紅鸛。」

「他們真懂室內裝飾，這些英國人，」史克理普說。

「你太太是英國人，是不？」曼迪問。

「是湖泊地區人，」史克理普答道。「把這軼事講下去吧。」

「好，不管怎麼說吧，」曼迪講下去，「有天晚上集體用膳後，福特正坐在那書房內，那男管家走進來，說：『布蓋侯爵向您致意，他能不能帶一伙剛才跟他一起吃飯的朋友來參觀這書房？』他們常常准許他外出吃飯，有時候還讓他在城堡裡過夜。福特說，『當然，』於是侯爵穿著列兵制服走進來，後面跟隨著艾德蒙．戈斯爵士和牛津大學的某某教授，我一時記不起名兒來了。戈斯在那玻璃框裡的剝製紅鸛前站住了，說，『這是什麼啊，布蓋？』

「『是隻紅鸛，愛德蒙爵士，』侯爵答道。

「『這可不是我心目中的紅鸛啊，』戈斯發表意見道。

「『對，戈斯。這是上帝心目中的紅鸛，』那位某某教授說。但願我想得起來他的姓名。」

「不用費心，」史克理普說。他雙眼明亮。他彎身向前。他身子裡有什麼東西在怦怦地悸動。是他無法控制的什麼東西。「我愛你，曼迪，」他說。「我愛你。你是我的女人。」那東西在他身子裡一個勁地悸動。它停不下來。

「沒問題，」曼迪應道。「我早就認識到你是我的男人了。你可想再聽一則軼事？講女人的。」

「講下去吧，」史克理普說。「你千萬不要停下，曼迪。你如今是我的女人了。」

「當然，」曼迪表示同意，「這軼事講到當年克努特．漢姆生在芝加哥當有軌電車售票員。」

「講下去，」史克理普說。「你如今是我的女人了，曼迪。」

他暗自把這句話一遍遍地講。我的女人。我的女人。你是我的女人。她是我的女人。那是我的女人。我的女人。然而，不知怎的，他並不感到滿意。在某處地方，以某種方式，一定還有什麼別的東西。別的東西。我的女人。這詞兒如今聽上去有點兒空洞。那個印第安婦人悄悄地大步走進房來這一幕駭人聽聞的情景又襲上他的心頭，儘管他竭力把它排除掉。那個印第安婦人。她沒有穿衣服，因爲她不喜歡衣服。能吃苦耐寒，勇敢地面對冬夜。還有什麼春天不可能帶來的呢？曼迪在講話。曼迪在這小飯館內講著。曼迪在講她知道的一則則軼事。小飯館內，時間越來越晚了。曼迪繼續講著。她如今是他的女人了。他是她的男人。可他真是她的男人嗎?史克理普腦海裡出現那個印第安婦人的形象。那個事先沒加通知就大步走進小飯館的印第安婦人。那個被扔到外面雪地上的印第安婦人。曼迪繼續講著。講著文壇舊聞。都是真實可信的事件。它們聽上去像是真的。可是有了這些就夠了嗎?史克理普思疑著。她是他的女人。可是能維持多久呢?史克理普說不準。曼迪在小飯館裡繼續講著。史克理普繼續聽著。可是他恍神了。恍神了。恍神了。恍向哪兒去了?恍進外面的夜色中去了。恍進外面的夜色中去了。

16

佩托斯基之夜。午夜過去好久了。小飯館裡亮著一盞燈。這小城在北方的月亮下熟睡著。朝北望去，C．R．&I．鐵路的路軌遠遠地伸向北方。冷冰冰的路軌，朝北伸展到麥基諾城和聖依格納斯。冷冰冰的路軌，可以在夜晚的這個時分在上面行走。

在這冰封的北方小城北面，有一男一女在鐵軌上肩並肩走著。那是瑜伽．詹森和那個印第安婦人。他們走著走著，瑜伽．詹森默默地脫衣服。他一件件地脫掉衣服，把它們扔在路軌邊。最後他只穿著一雙制泵工人穿的舊鞋。瑜伽．詹森，赤身裸體地在月光下，在那印第安婦人身旁朝北走去。印第安婦人在他身旁大步走著。她把那樹皮搖籃中的嬰兒背在背上。瑜伽想要把這嬰兒從她背上拿下。他要揹這嬰兒。那條健壯的狗哀叫著，舔著瑜伽．詹森的腳踝。不，這印第安婦人要親自背這嬰兒。他們大步朝前走。深入北方。深入北方的夜色。

他們後邊有兩個人影走上前來。在月光下給鮮明地刻畫出來。是那兩個印第安人。那兩個林地印第安人。他們彎下身去，把瑜加・詹森扔掉的衣服收集起來。他們偶爾衝著彼此咕噥一聲。悄悄地在月光下大步走著。他們銳利的目光沒有漏掉一件給丟掉的衣服。等最末一件衣服已給撿了起來，他們便朝前望去，看到前面的遠方月光下有兩個人影。兩個印第安人直起身來。他們察看那些衣服。

「白人酋長穿著時髦，」那高個兒印第安人發表意見，舉起件繡有姓名首一字母的襯衫。「白人酋長很快會覺得冷的，」小個子印第安人發表意見。他把一件背心遞給那高個兒印第安人。高個兒印第安人把所有的衣服，所有被丟下的衣服，捲成一團，兩人就順著軌道回頭朝城區走去。

「給白人酋長保存好這些衣服，還是賣給救世軍？」矮個兒印第安人問。

「賣給救世軍好，」高個兒印第安人咕噥道。「白人酋長或許再不回來了。」

「白人酋長一定會回來，」小個子印第安人咕噥道。

「反正賣給救世軍好，」高個兒印第安人咕噥道。「春天一到，白人酋長反正得添新衣服的。」

他們在軌道上朝城區走去，空氣似乎變得溫暖。兩個印第安人這時走得不怎麼安穩了。透過路軌旁的落葉松和柏樹，吹來一股暖風。路軌旁被風堆起的雪在融化。有什麼東西在這兩個印第安人身子裡蠢動。某種衝動。某種奇特的異教徒的不安情緒。那暖風吹著。高個兒印第安人停了步，用口水弄濕一指，豎在空中。小個子印第安人旁觀著。「奇努克風？」他問。

「好大的奇努克風，」高個兒印第安人說。他們匆匆朝城區走去。月亮這時被刮著的奇努克暖風送來的雲朵弄得模糊不清了。

「想趕在高峰時刻前進城啊，」高個兒印第安人咕噥道。

「紅人哥兒們要搶著排在前面啊，」小個子印第安人一股勁地咕噥道。

「這會兒沒人在廠裡幹活了，」高個兒印第安人咕噥道。

「還是快點趕路吧。」

暖風刮著。這兩個印第安人身子裡有些奇特的渴望在蠢動。他們知道要的是什麼。春天終於來到這冰封的北方小城了。兩個印第安人順著路軌匆匆朝前趕去。（**本文完**）

作者致讀者的最後一注

哦，讀者，你覺得這本書怎麼樣？我花了十天工夫寫成了本書。這些時間花得值得嗎？只有一個地方我想加以澄清。你可記得，在這故事的前半部，那上了年紀的女招待，戴安娜，講過她如何在巴黎丟失了母親，醒過來時在隔壁房間發現一位法國將軍睡在床上？我想也許你會樂意知道這事實際上該怎麼解釋。

實際發生的情況是，她母親在夜間得了腹股溝淋巴結鼠疫，病得十分厲害，被叫來的醫生作出了診斷，報告了有關當局。當時世界博覽會即將開幕，想想看，一宗腹股溝淋巴結鼠疫病例，會對博覽會的宣傳工作有什麼影響啊。因此法國當局乾脆讓這婦女消失了。她在快天亮的時候死去。那位被請來的將軍當即在那母親睡過的同一房間裡上了床，我們始終認為他是個相當勇敢的人。不過，我知道，他是博覽會的大股東之一。不管怎麼樣，讀者，我始終認為這段秘史是個絕妙的故事，而且我知道你會情願讓我在這裡作出解釋，而不要把一段解釋文字塞進本小說，說句實話，那是畢竟不得其所的。然而想到法國警方如何把這事全部封鎖消息，並且怎樣一下子就找到那髮型師和計程車司機，真是非常有趣的。當然，這說明了如果你一個人到外國去旅遊，哪怕跟你母親一起去也罷，那就簡直再多加小心也不為過。我希望在這兒提一下這回事是沒什麼問題的，不過讀者啊，我實在覺得自己有必要作出某種解釋。我不贊成那種長篇累牘的告別辭，就像訂了婚遲遲不結婚一樣，所以只想說一句再見並祝你順利，讀者，就讓你去自行其是吧。

經典新版世界名著：24

老人與海【全新譯校】

作者：〔美〕海明威
譯者：葉純
發行人：陳曉林
出版所：風雲時代出版股份有限公司
地址：10576台北市民生東路五段178號7樓之3
電話：(02) 2756-0949
傳真：(02) 2765-3799
執行主編：朱墨菲
美術設計：吳宗潔
行銷企劃：林安莉
業務總監：張瑋鳳

初版日期：2022年7月
ISBN：978-626-7025-93-2

風雲書網：http://www.eastbooks.com.tw
官方部落格：http://eastbooks.pixnet.net/blog
Facebook：http://www.facebook.com/h7560949
E-mail：h7560949@ms15.hinet.net
劃撥帳號：12043291
戶名：風雲時代出版股份有限公司

風雲發行所：33373桃園市龜山區公西村2鄰復興街304巷96號
電話：(03) 318-1378
傳真：(03) 318-1378
法律顧問：永然法律事務所 李永然律師
北辰著作權事務所 蕭雄淋律師

行政院新聞局局版台業字第3595號 營利事業統一編號22759935

定價：240元

國家圖書館出版品預行編目資料

老人與海 / 海明威作 ; 葉純譯. -- 再版. -- 臺北市 : 風雲時代出版股份有限公司, 2022.05　面；　公分

譯自 : The old man and the sea
ISBN 978-626-7025-93-2 (平裝)

874.57　　111005802